JN080496

愛の不死鳥

◆◆◆

末廣 圭

Kei Suehiro

紅文庫

目次

装幀　遠藤智子

愛の不死鳥

第一章　あーっ！　役立たず

1

夏が終わると、秋が来る。日本の四季は折々の風物を匂わせてくれるが、そんな中でも、実りの秋の柔らかい陽射《ひざ》しは心地よい。

暑くもなく、寒くもなく。

埼玉《さいたま》県のゴルフ場……。

朝一番のティ・グラウンドは、何年ゴルフをやっていても、ほんのちょっぴり緊張する。真新しいボールをティ・アップして、川奈誠二《かわなせいじ》は、力をこめて素振りをくれた。

（おれの躯《からだ》も、まだまだ捨てたものじゃない）

川奈は腹のうちでつぶやいた。ドライバーの素振りは、小気味のよい風切り音を響かせてくるからだ。スイングスピードがのろまになってくると、クラブを振ったくらいで、風を切る音は聞こえない。

素振りを終えて川奈は、おもむろに後ろを振りむいた。妻の絹江《きぬえ》がクラブを手にして、にっこりと微笑みを返してきた。このわずかな時間に、川奈はわが人生の満足感に浸《ひた》る。

絹江は今年、五十九歳の誕生日を迎えた。

還暦《かんれき》を間際にした女にしては、涼やかな容姿である。

大恋愛の末、二人が結婚したのはちょうど三十五年前。川奈が二十九歳の秋だった。一男一女を授《さず》かった。もちろん、子供たちはすでにそれぞれが結婚して、三人の孫が誕生した。

川奈が大日本証券《だいにほんしょうけん》グループの執行役員を定年退職したのは三年半前で、現在、六十四歳になる。

わたしが会社を辞《や》めたら、二人の人生を再出発させようじゃないか。絹江には長年苦労をかけた。たまには二人で温泉旅行でも愉《たの》しんで、ゴルフもやろう。庭に菜園を作るのも悪くない。孫たちの成長を見守りながらね。

大日本証券に退職届を提出したその夜、川奈は妻と、こんな約束を交わした。

川奈の気持ちをこれほど変化させたのは、妻に対する長年の懺悔《ざんげ》もこめられていたからである。現役時代は多忙な仕事を隠《かく》れ蓑《みの》にして、酒、女に費やす時間も多かった。銀座《ぎんざ》や赤坂《あかさか》の夜の街では、カワナの誠さんと呼ばれ、人気があった。

女を愛《め》でる熱い気持ちが、仕事に対する意欲、向上の源泉である、というのが川奈の勝手気ままな持論だった。極論すると、女に興味を失ったら、仕事は辞めたほうがよろしい、とさえ考えていた。

といって、特別の女を囲ったことは一度もなかったし、一人の女に執着《しゅうちゃく》して、その関係に連綿としたこともない。一人のいい女を口説いている最中の、あの純なる快感が、川奈の人生を支えていたといっても過言ではない。

外の生活と内の生活を、きっちり二分していた。

が、定年退職を機に川奈は、外の女との関係をすっぱり切った。仕事はほどほどでよい。酒は家で呑《の》む。これからは、長年苦労をかけた妻と、穏やかにすごしていくことが、自分に科せられた責任だろう、と。

退職して三年余。夫婦の日々は安穏《あんのん》と経過してきた。十日に一度ほど、夫婦で会員になっているゴルフ場に出かけ、ワンラウンドをまわり、のんびり風呂に入って冷たいビールを呑むのが、夫婦の唯一無二のくつろぎの時間になっていた。

アルコールが呑めるのは、ゴルフ場通いは電車と決めていたからである。

そうした時間を送るたび、川奈は妻の姿を追って、腹のうちで誉めてやる。上手に歳を取ってくれたものだ。二人の子供を育てあげたのに、体型にさしたる崩れは見られない。白いパンタロンに薄緑のゴルフシャツが若々しい。淡いオレンジ色のサンバイザーもよく似合っている。

ゴルフの腕前は、いつまで経っても初心者並みである。スコアは110前後だ。が、女にありがちなスローモープレーではなく、アドレスに入ったら、すぐさま打つ。

だから同伴競技者に迷惑をかけない。だいいち、歩き方が速い。

妻としての家事にも不満はない。料理はうまい。掃除、洗濯にも落ち度はないし、夜、床に入ると、時に、手足、腰をマッサージしてくれる。安眠、熟睡は妻のおかげと、川奈は心から感謝していた。

経済的にもかなり恵まれている。厚生年金が支給される六十五歳まで、大日本証券のグループ会社で週三回、顧問としての働き口に恵まれた。報酬は現役時代の三分の一程度であるが、生活費はまかなえた。

金銭感覚に優れていた妻は、老後の生活を考えてか、かなりのへそくりを貯めこんでいた。三十年前に購入した新築住宅のローンは終わっているから、退職金を切り崩す必要もなかった。

幸いなことに二人とも、健康面でとくに留意することもない。一カ月に一度、ホームドクターの検診を受ける川奈が、ちょっぴり気にしているのは血圧が少々高いくらいで、その血圧も一日に一錠の薬を服用するだけで、安定した数値を示しているから、ことさら心配することはなかった。

大げさな表現ではなく、川奈は理想的な第二の人生を歩みはじめていたのである……。

一番ホールを可もなく不可もなくボギーでホールアウトした川奈は、カートには乗らず、妻と肩を並べて二番ホールのティ・グラウンドに向かった。歩くことが健康維持の一助になると、ホームドクターから何度もアドバイスされていたからだ。

「来年こそ、北海道に行きましょうよ。北の大地に、桜の花が咲くころに。素敵な温泉で躯を癒してもらって、おいしい海の幸をいただいて、ゴルフをするの。交通費はわたしが出しますから、ホテル代とお食事代はあなたのお財布からお願いします」

絹江はいくらか頬《ほお》を染め、嬉々として言った。

悪くないな……。すぐさま川奈は相槌《あいづち》を打った。

妻と一緒に北海道に行ったのは、確か、三十二、三歳のころの夏だった。網《あ》走《ばしり》まで足を伸ばした。その昔、天下にその名を轟《とどろ》かせた網走刑務所を見学してみたいという目的もあった。

北海道は夏でもクーラーを必要としない、快適な環境だと聞いていた。結婚間もないことで、大自然に囲まれた静かな温泉宿で、絹江を思う存分抱いてみたいという男の欲望が弾《はじ》けたことも間違いなかった。

が、川奈の希望は大きく曲折《きょくせつ》した。

その年の夏、北海道は猛暑に見舞われた。

一流の温泉宿をリザーヴしておいたから、当然、各部屋にクーラーは設備されていると考えていた。ところがその宿の部屋には、クーラーがなかった。宿の仲居さんが謝った。

申しわけありません。これほど暑い夏がくるとは想像もしておりませんでした。扇風機で我慢してください、と。

ゆっくり温泉に浸《つ》かっていては、タコの如《ごと》くゆだるだけである。暑さは食欲も削《そ》ぎ落とし、二泊三日の北海道旅行は、さんざんな結果に終わった。

妻から北海道旅行をねだられるたび、川奈は昔日《せきじつ》の『事故』を思い出し、つい、苦笑いをもらす。まだ若かった。クーラーなしの夜でも、男の欲望は噴火した。こんなに暑くては眠れるものじゃない。そう考えて、なんと一夜で三度の熱戦を繰りひろげたのである。

絹江も燃えた。

朝方近くになって、もう堪忍《かんにん》してくださいと、妻は汗に濡れた乳房を川奈の胸板に押しつけ、そのまま眠ってしまった。

「ずいぶん昔のことなのに、わたし、今でも忘れられないんですよ、あの、網走の夜のことが」

早朝のゴルフ場だというのに、ぽっと頰を染めて絹江はうつむいた。

そんなこともあったな。腹のうちを、こそっとくすぐられる思いで、川奈はスパイクシューズの爪先で枯れかけた芝を蹴った。

が、ふいに川奈は妻の横顔を、じっと見守った。

(ひょっとして?)

絹江は訴えているのではないか。

思い出してみると、夫婦の営みが途絶えて、すでに四年近く経っている。妻の所作に不満があったわけではない。ある意味で、男の股間に勤続疲労をきたした結果の、自然消滅だった。

三年ほど前、

(わたしも無事、女は卒業しましたと白状していたから、女の欲望も失せているのだろう)

川奈はそう解釈していた。

なのに、今朝の絹江の眼差しは、躯のどこかが、もやもやとくすぶっているような、切なそうな表情を送ってくる。北海道に行きましょうよ、と誘ってきた心根に、川奈は女の匂いを嗅ぎとった。

だが、正直なところ、まるで自信がない。絹江を相手にして、その行為が完遂できるだろうか。だいいち己の男の肉に、脈々とした力が漲《みなぎ》ってくるかどうかも、疑問だらけなのだから。

いつの間にか、女の躯を必要としない男に成り下がっていた？

いつものとおり、ワンラウンドのゴルフをホールアウトして、川奈はゴルフ場の風呂に浸かった。街の風呂屋に負けないほどの大きな浴槽に入って、川奈は両足を長く伸ばした。

（少々、腹も出てきた）

湯の中で川奈は己の腹を両手で撫でた。

腹が少しくらい出っ張ってきても、六十四歳にしては頑健であると、川奈は己を誉めてやる。学生時代は陸上競技に励んだ。五千メートル走を得意としていた体型は、今になっても快脚で、太腿《ふともも》の筋肉にさほどのゆるみはない。

しかし、妻の要求にどう応えてやればいいのかと、川奈は深く考えた。問題は北海道に行くかどうかより、自分の肉体が見せかけより、かなり衰えているのではないかという一抹《いちまつ》の不安だった。

そもそも、麗《うるわ》しい女体を要求してこない。

次の瞬間、川奈はハッとして、湯の底に目を凝《こ》らした。

（白い……！）

三本か四本。いや、もう少し！

気づかなかった。湯の底で揺らぐ陰毛の中に、数本の白い毛を発見した。まさか！　川奈はまわりを見まわして、また己の股間に注意深い視線を送った。

衝撃だった。

加齢の足音が、すぐそこまで忍びよっていたのだ、と。

大日本証券を退職したとき、川奈は髪を切った。陸上競技に熱中していた学生時代を思い出し、五分刈りにした。整髪する手間ははぶけるし、夏は涼しい。

真っ黒な髪に白髪が混じってきたことも気になって、だ。

今はゴマ塩状態だが、白髪が出てくるのは年齢相応だろうと、さほど気にしていなかった。が、たった今、己の股間に茂る陰毛の中に、わずか数本の白い毛が混じっていることに気づいて、川奈は表現のしようもない恐怖に襲われた。

わたしも、とうとう高齢者の仲間入りをしてしまったのか、と。

五十代半ばまで、妻と混浴したことが何度もあった。

素肌がこすれ合うことで、絹江は恥らうこともなく発情した。ときにバスタブの中で互いの局部に唇を寄せ、舐《な》め、しゃぶり合った。

そのときになると絹江は女のプライドとか、人妻のたしなみをかなぐり捨て、燃え、昂《たか》ぶった。

そんな行為は、新婚当初からほとんど変わっていなかった。

本質的に夫婦の閨《ねや》を、奔放《ほんぽう》にすごそうとする情熱を秘めていた。

(絹江はわたしの股間の変化に、気づいていたのだろうか)

川奈は過去数年の夫婦生活を思い出した。

定年退職をしたころを境として、一緒に風呂に入ることもなくなった。絹江の前で裸のまま歩きまわったこともない。真夏の暑い盛りでも、確か、トランクスは穿《は》いていた。

いつのころから、陰毛に白い毛が混じりはじめたのか、はっきりしない。

五日後の夜八時。川奈はＪＲ四ツ谷《よ や》駅に近いスナックにいた。現役時代、何度も利用したことのある店だが、カラオケもない静かな雰囲気が、川奈の好みだった。

店に入ってすぐボックス席に陣取って、ビールをオーダーする。

腕時計の針は、八時を五分ほどすぎている。時間を気にしながら川奈の視線は、幾度となく店のドアに向いた。

（沙織《さ おり》は来てくれるだろうか）

時計の針は、八時をどんどんすぎていく。止まってくれない。川奈は不安になった。約束の時間は確か、八時だったはずだ。

急に思いたって、おおよそ四年半ぶりに山下《やました》沙織に連絡を取ったのは、昨日の夕方だった。

四年半前、沙織は大手都市銀行のトレーディングルームで働いていた。歳は三十路《み そ じ》を迎えたばかりで、仕事上のつながりで、川奈とは一カ月に三回、四回とミーティングを重ねていた。

ある日、沙織はかなり深刻そうな表情で言った。

わたし、縁があって、一カ月後に結婚します、と。特段の美形ではなかったが、沙織は女らしい優しさを備えていた。化粧が上手で、長い髪を背中に流していた。川奈のタイプだったが、特別な感情があったわけではない。

が、かなり唐突に結婚話を白状されて川奈はドキンとした。

適齢期を少しすぎている年齢だったが、彼女が結婚すると聞いて、自分が大事にしていた秘密の宝物を、ある日、ごっそり盗まれたような気分に浸ったのだ。相手の男は同じ銀行の上司である副頭取の息子とかで、同じ歳だった。

ある種の見合い結婚である。どうやら、上司に見初《みそ》められたらしい。息子の嫁にきてくれないか、と。

数日後、川奈は沙織を食事に誘った。わたしからの結婚祝いと思ってくれないか、といくらか川奈は照れて言った。食事が終わったあと、一杯だけ呑もうかと相談がまとまって、近くのホテルのラウンジに行った。スナックやクラブより、静かなラウンジのほうが、別れの酒に適しているだろうと考えた。

一杯が二杯になり、二杯が三杯となっていった。

「わたし、まだ、結婚なんかしたくないんです。お見合いでしょう。気が進みません。でも、副頭取の息子さんで、断りきれないようになって」

いくらか肩を落として、沙織は嘆《なげ》くようにもらした。

一般的に考えて、結婚は一生ものなんだ。気分が乗らなかったら、やめればいいじゃないか。無理に結婚したら、山下君の人生を台無しにするかもしれないよ。川奈はそうアドバイスしてやりたくなったが、三十路を迎えた年齢から判断すると、生活が安定していそうだから、多少の不満は我慢するしかないだろうと、強く反対する言葉が出てこなかった。

「それにね、川奈さん……」

そこで言葉を切って、沙織はグラスに残っていたビールを一気に呷《あお》った。

「ほかに問題があるのか」

川奈は問いかえした。

「結婚をしたら、セックスをしないといけないでしょう」

酔いのせいもあってか、沙織は恥じらいもなく具体的な表現をつかって、川奈の顔を覗きこんだ。

「まあ、そういうことになるだろうな。ましてや山下君ほどチャーミングなお嬢さんを嫁に迎えたら、男は毎晩でも攻めたくなる」

「それが怖いんです。川奈さんですから正直に言いますけれど、もちろん、わたしはヴァージンじゃありません。今まで、好きになった男性は何人かいて。でも、彼らとは感情の交流があったんです。好きとか、愛しているとか。だから抱かれて、気持ちよくなって、幸せ感に浸ることができたんです。でも、島《しま》田《だ》さんには、なんの感情も湧いてこないんです。そんな男性に抱かれたときのことを想像すると、わたし、あの、鳥肌が立ってきたり」

うーん、なるほどね。もっともである。

島田とは副頭取の息子の姓なのだろう。

川奈は沙織に同情した。欲求不満がつのった男が、デリヘル嬢を呼んで、体内に溜まった男のエキスを大放出する作業とは、大幅に違う。好きだ、愛しているといった内面的な情感があってこそ、女体は生温かい湿り気を帯びてくる。そうした症状は、絹江と初めて交わったとき、川奈は十分察した。

誰でもいいからいらっしゃいと、女の躯は割りきれない。

「なんの感情もない男性に抱かれるとき、女はどんな準備をしたらいいのか、全然わからないんです。きっと、全身がカチカチになってしまって、早く終わってほしいと、そればっかり考えてしまうんでしょうね」

同情に値する。

しかし、それも仕方がないじゃないか。今まで何人の男と交渉を持ってきたのか知らないが、それなりに有意義な男経験を積んできたのだから、これからは、夫婦の性生活をお互いに協力して、工夫していくしかないだろうな……、などと、無神経なアドバイスをしたことまで、川奈は薄っすら覚えている。

ちっとばかりむずかしいのは、導入日の接し方だろう。

「婚前交渉はできないのかな。たとえば二人で小旅行に行ってみて、相手の手口を探ってみるとか」

川奈の提案に、新しいビールをグラスに注いで沙織は、プッと頬を膨らませた。

「川奈さんて、冷たい人だったんですね。わたしにとっては義理の父親のような存在で、娘がものすごく悩んでいることを知ったら、もっと親身になって相談に乗ってくださるかと期待していたのに。それなのに、婚前旅行に行ってみろなんて、わたしを突き放しています」

「それは、悪かった。でもね、それじゃぼくが初夜の迎え方を、実践をまじえて教えてあげよう、とは言えないだろう」

「実践……？」

「そうだよ。ぼくたちは仕事上の付き合いだけで、感情の交流はなにもない。そんな男とベッドを共にするとしたら、どう接していくのが、もっともスムースな入り方なのか、じっくり体験してみるのも、山下君の結婚生活を占う手段のひとつかもしれないと考えたんだ。しかし、結婚を一カ月後に控えた山下君に、それじゃ、ぼくとベッドインしてみようとは、強く言えないしな」

アルコールの酔いが、多少、積極的な言葉を投げていたところもあった。

沙織はビールの入ったグラスを唇に預け、かなりの時間考えこんだ。

彼女の思案顔に目を向けながら、川奈は腹の中で自問自答した。この女性と万が一にもベッドインすることになったら、どう処していくべきか、を。まだどこかに、幼児《おさなご》の影を残している面立ちだが、その体型はアスリート的魅力を、充分備えている。

ベッドに組み伏せたら、勃《た》つことは勃つだろう。もう間もなく還暦を迎える年齢であっても。

が、問題はこの女《こ》が、悦びの声をあげてくれるか、どうかである。己の欲望を一方的に発散させるだけでは、実践の意味がない。

「川奈さん、お願いします。お部屋をリザーヴしてください」

沙織の声は驚くほど低くなったが、眦《まなじり》は決していた。

それほど、決断力の早い女性だった。

今、突然、襲ってきた己の悩み事に正面から答えてくれる女性は、彼女しかいない。三十五年連れ添った妻には、なぜか、どうしても打ち明けられない気分になって、だ。だいいち白けてしまう。

そう結論づけたとき、川奈は迷うこともなく、昨日の夕方、沙織に連絡していたのだった。

八時を十五分ほどすぎたとき、店のドアが勢いよく開いた。

飛びこんできたのは、間違いなく沙織だった。川奈はビールのグラスを左手に持ったまま立ちあがった。そして、右手を振った。一瞬、沙織はきょとんとした視線を送ってきた。

不審そうな表情を浮かべながら、沙織は一歩一歩、足を進めてきた。

「川奈さん……、でしょう」

川奈の真ん前に立ちつくすなり、沙織の目は忙しく動いた。

髪は五分刈り、ラフなゴルフシャツに木綿のズボン、白いスニーカーを履《は》いている川奈の全身を、舐めまわすように、沙織は視線を送った。

しょうがないか。川奈は頭を掻《か》いた。現役時代はわりと高級なスーツを着ていたし、髪はきっちり七三に分けていたのだから。

「そんなにびっくりしないでくれよ。どうだ、少しくらい若返って見えるかな」

真横のシートを勧めながら川奈は、こっそり彼女の容姿に目を配った。四年半の歳月は、しっとり感を備えた人妻らしい魅力を蓄えている。川奈の目にはそう映った。

ということは、見合い結婚もつつがなく継続している、らしい。

「川奈さんは、すっかり変わってしまったんですね。木綿のパンツにスニーカーなんて。でも、似合います、その坊主頭とか、ファッションが」

「最近はスーツを着て、ネクタイを締めると、すぐ肩が凝ってしまうんだ。しかし山下君、いや、違った、島田君……、なんだろう、今も」

この四年半のうちに、何度も姓が変わったとは考えにくいが、念のため、川奈は問うた。

「おかげさまで。結婚生活って、我慢とあきらめと、寛容なんでしょうか。四年半もこの生活をつづけてきて、やっと悟るようになりました」

表現方法は冷めているが、彼女なりに、見合い結婚の生活様式を見つけたらしい。無事こそ名馬なのだ。

「お子さんは？」

川奈はついでに聞いた。

「いえ、まだです。彼のご両親はものすごく期待して待っていらっしゃるようですが、だめなんです。わたしって、あのこと、下手なんでしょうか」

クスンと笑って沙織は、グラスに注いでやったビールを、それはうまそうに呑んだ。

以前より、少し太ったのだろうか。頬のまわりがふっくらしたような。が、背中まで流れていた長い髪は、首筋のまわりで柔らかくカールするヘアスタイルに変化しているし、モスグリーンのブラウスに白いカーディガンは、若妻風の落ちつきを感じさせる。

うんっ！　スカート丈が短い。膝上二十センチ近くも露出している太腿が、妙に生々しく映ってくる。シートに深く座っているせいで、なおさらのこと。

そうだ！　思い出した。四年半前のあの夜、勢いに任せてホテルの一室に入ったとき、見とれた。

風呂に入ろうとした彼女の、すらりと伸びる下肢に。

ひょっとすると己の男の欲望は、彼女のしなやかな丸みを帯びた太腿に加熱されたのかと考えるほど、だった。

その悩ましい太腿はまだ健在だ。

「でも、どうなさったんですか。川奈さんが退職されたのは四年も前のことでしょう。わたしのことなんか、邪魔者を追っぱらって、気がせいせいなさっていたと考えていました。あれから一度も連絡していただけなかったのに、急に呼び出されて、びっくりしているんです」

言葉だけではなく、沙織は目つきでも探ってきた。

誘われた真意を知りたいのだろう。

が、今すぐ話せる内容ではない。

「沙織君が日々、どのような生活をしているのか、自分の目で確かめたくなったのかな。なにしろ、見合い結婚を積極的に勧めたのは、ぼくだったから」

川奈は適当に答えた。

沙織の目線が急にうつむいた。ビールの入ったグラスを、もじもじ撫でながら、である。

「あの日の夜のこと、まだ覚えていらっしゃるんですか」

上目づかいの沙織の目線が、いじらしい。

「うん、仔細《しさい》までね。ぼくのやったことが、沙織君の結婚生活にプラスになったのか、それともマイナスに働いているのかよくわからないままに、今日まできてしまった」

「マイナスだったら、わたし、ここに来ていません」

そのときふいに、沙織の手が伸びた。

ぎゅっと指を絡《から》めてきたのだった。そのためらいがちな指先のうごめきに、たった一度でも情を交わした女のぬくもりを、川奈は感じた。

「実を言うと、あの夜、沙織君と別れたあと、ずいぶん反省したんだ。自分の娘とほとんど同じ歳の女の子に、あんな淫《みだ》らなことをしてしまった、と。それも、結婚を間近にした女性に……」

あの日の夜、部屋に入るなり、川奈は前後を忘れて言った。一緒に風呂に入ろうか、と。

頭のどこかでは、島田なる男と結ばれ新婚旅行に出かけたら、当然、混浴することになるだろう。そのときの予行練習と考えたら、それほどの無理強《じ》いではないだろうという、安直《あんちょく》な気分が奔《はし》ったことも事実だった。

イエスともノーとも答えないで沙織は、バスタブに走った。

すぐさま全裸になって、川奈はあとを追った。

バスタブに浸かっていた沙織の真ん前に、川奈は身を沈めた。両手を伸ばし抱きすくめ、唇を合わせた。まさに問答無用。今になって思い出してみると、そのときすでに男の肉は脈々とそそり勃っていた、はずだ。

利発な女性だ。知能もよろしい。健康的な肉体をしている。評価は高かったが、川奈の頭に、男女の情愛はなかった。この子を相手に性行為をしたいという欲望もなかった。が、全裸の沙織を両腕に抱きしめ、唇を合わせた瞬間、男の肉ははち切れんばかりに勃起《ぼっき》した。

それが男の欲、自然の成りゆきである。

「川奈さんはわたしよりずっと歳上の、そう、おじ様だったでしょう。だから、お部屋に入ったとき、もっと優しく、順序よく抱いてくださると考えていたんです。わたしだって、少しは不安な気持ちに苛《さいな》まれていましたから。それなのに、いきなり、でした。まだ青さの残った若者のように、それは激しかったんですからね」

なんと答えていいのかわからない。

自分の気持ちを抑えることができなかった。弁解の余地はない。

「怖がらせてしまったんだね」

「最初の一分くらいは。でも、わたし、のぼせてしまいました。だって、川奈さんの躯から、ものすごく逞《たくま》しいエネルギーをいただいて、無我夢中になってしまったんです。あのとき初めて知りました。わたしの躯にも性欲があるんだな、って」

「動物的に？」

「そ、そうです。川奈さんのことは、尊敬していました。信頼もしていました。でも愛しているっていう感情はなかったんです。それなのに、わたしの躯をむちゃくちゃにしてほしいような、そんな気持ちが、カーッと全身に広がっていったんです」

「しかし、今、思い出してみると、ぼくも歳がいのないことを、無謀にもやってしまったと、赤面してしまう」

「でも、素敵でした。全然知らなかった川奈さんの、それは男っぽい一面を見させていただいて。だって、そうでしょう。川奈さんはいきなり、わたしの目の真ん前に立ちはだかったんです。今でもはっきり覚えています。大きかったんです。立派でした。わたしがお付き合いをした男性の、誰よりも」

ますます身の置き所がなくなってくる。

この女性の目の前に全裸をさらした、なんて。それも初めての夜に。

「それだけじゃなかったんですよ」

沙織は付け足した。

言葉が終わらないうちに、沙織の頬が、赤く染まった。熟しきったリンゴのように。

「それ以上、ぼくをいじめないでくれないか」

スナックのカウンター席には数人の客がいた。聞かれては困る。川奈は声をひそめた。

「でも、わたしも勇気のある女だったんですね。ううん、違うわ。川奈さんの立派なお躯を目にして、女の恥じらいが、どこかに飛んでいってしまったんです。だから、夢中になって。あのときの川奈さんの大きさとか、匂いとか、それからお味が、今になっても、ときどきお口の中によみがえってくることもあるんです」

沙織の顔が少しずつ接近してくる。

唇の隙間《すきま》から吹きもれてくる生温かい匂いが、忘れかけていた男の欲望を焚《た》きつけてくる。

「かわいらしい沙織君の顔を見ていたら、獰猛《どうもう》になっていたのかな」

「あら、かわいらしい、だけですか。きれいだとか、セクシーとか、そんなお誉めの言葉も、たまには聞かせてください」

遠い昔の一夜の秘め事を語りあっているうち、二人の間に横たわっていた時間の溝がどんどん埋まっていき、あの日の現《うつつ》が、数日前の甘い戯《たわむ》れだったような気分にもなってくる。

確か……、くわえてくれと言った。

沙織は応じた。直立する男の肉の根元を指で握りしめ、裏筋に舌を這《は》わせてきた。沙織の口が巨大に膨張した筒先にかぶさってくるまで、さほどの時間はかからなかった。

川奈は沙織の頭を両手で挟《はさ》んだ。

口をつかいながら沙織は、見あげてきた。たまらなく愛おしい女に変化していった。肉のつながりのあとに、情感をいだいたのは、初めてのことだった。

口を寄せてくれたから、そのお返しをした。そんなつもりは毛頭なかった。

沙織を抱きあげ、バスタブの淵に両手をあてがい、臀《しり》を高く掲げるよううながした。

沙織は素直に応じた。

川奈は真後ろに構えた。小さな顔には似つかわしくない豊かな肉づきの臀部《でんぶ》が、目の前でふたつに割れた。

太腿を両手で抱きかかえ、川奈はその割れ目の奥底に、舌を差しこんだ。小さい悲鳴をあげた沙織は、さらに臀を突き上げ、舌先を招きいれた。

我慢しきれない欲望が噴火した。

川奈は後背位で待ちかまえる沙織の真後ろから、剛直に勃起した男の肉を、強く、深く挿《さ》しこんだ。

「あのとき、わたし、初めて、お腹の底から叫んでしまったんです。きてっ！て。わたしのお肉が、揺れました。ごにょごにょっと。その隙間から、生温かいなにかが、吹きもれてきました」

新婚初夜の手引きとはとても考えられないほど荒っぽく、しかも時間も短かった。還暦を迎えるおじさんにしては、粗野極まりのない行為だったのである。

「そんな思い出話をされると、今夜、沙織君を誘い出した理由が、話しづらくなってくる」

空になったグラスに口を当て、川奈は照れ隠しの苦笑いをもらした。

急に沙織はスカートの裾を引っぱって、居ずまいを正した。

「なにか、あったんですか」

「うん、大したことではないんだが、どうしても沙織君に見てもらいたいものがあってね」

「見せたいもの……、って？」

はて、どうしたものかと、川奈は迷った。

「うん、まあ、その、なんだ」

まったく要領を得ない声を口にして、川奈は新しいビールを注文した。アルコールの助けを借りないと、自分の用向きを、なんの疑いもない視線を向けてくるこの人妻に、正しく伝えられないような気分になって、だ。

「わかったわ、夫婦喧嘩《げんか》をなさったのでしょう。お家《うち》にはいられなくなって、わたしを呼び出した。そうでしょう」

勝ち誇ったような口ぶりだった。

「喧嘩などしていない。ところで、今夜は何時ごろまで、ぼくに時間をくれるのかね」

頼みたい案件は、スナックの片隅では片づかない。

「一晩中でも大丈夫です。主人は北海道の支店に出張中ですから」

「それじゃ、場所を変えようか」

「ホテルに、ですか」

ものわかりがいいというのか、好奇心旺盛というのか。

それとも四年半ほど前の一夜を語りあっているうち、熟れた女体に熱い湿り気がじっとりと滲み出てきたのか。

最上階の部屋からの煌《きら》びやかな夜景は、澱《よど》んだ思いに浸る川奈の胸を、なぜか強く高鳴らせた。窓辺に立ちすくんで夜景に見入る沙織の背後にそっと忍んで、川奈は勇気を奮い起こした。

両手が勝手に動いた。

脇腹から両手をまわし、胸を覆《おお》った。ハッとしたように沙織は振り向いてきた。が、その目尻に好奇の笑みが浮いたのである。

「今のわたしは、よその男性の奥さんですよ」

沙織の言葉尻に、人妻の意地悪がまじった。

「よその奥さんだからなおのこと、ぼくの悩みを正しく理解してくれるだろうと考えて、ね」

彼女の胸にかぶせた両手に、わずかな力が加わった。

細身の割に乳房は豊かだった。それは四年半前のことである。が、その当時より、乳房の盛りあがりに弾力がありそうな。いや、違う。もっちりとした女性の胸の膨らみにふれたのはいつのことだったのかと、記憶をたどったが、正確に思い出せないでいる。

川奈の息づかいが急に荒くなっていく。にわかに手の動きが忙しくなって。

乳房の下側に手のひらをあてがい、支えあげた。

あーっ。小声をもらした沙織の頭が、首筋を反らして、がくんと肩口にもたれかかってきたのだった。沙織の両手が逆手になってもがいた。川奈の首筋を探るようにして。

首筋でカールしていた柔らかい髪に、頬をくすぐられた。

「わたし、島田と結婚して四年になるんです。でも、彼を裏切るようなことは一度もしたことがありません。あーっ、それなのに、今のわたしは、ねっ、主人以外の男性にもたれかかって、胸を抱かれているんです。あなたの両手は、わたしのおっぱいに……。いけないことでしょう。それなのに、あなたの手から逃げることができないんです。ねっ、どうして」

「今夜はね、こんなことをしようと考えて、沙織君を誘ったわけじゃないんだ」

「いやっ！　沙織君、だ、なんて。ものすごく冷たくて、他人行儀です。昨日の夜、あなたから連絡をいただいたとき、いろいろ考えました。きっちりお断りしようか、と。でも、ねっ、頭で考えていることより、わたしの躯が言うことを聞いてくれなかった。どうしても会いたい。あの人に会って、もう一度、しっかり抱いてほしい、と。ねっ、わたしって、悪い奥さんでしょう」

言葉の終わらないうちに沙織の全身が、川奈の腕の中でくるりと反転した。真正面から、じっと見すえてきたのである。

この清廉《せいれん》なる人妻と交わることが目的ではない。己の股間の変化を見てほしかった。たったそれだけのことだった。安穏とした沙織夫婦の生活に、今さら波風は立てなくない。

だが、この場をどう処理したら、無事収束できるか。正しい答えが出てこない。

だいいち、今になっても、自分の男の能力に自信が持てないのだ。事実、股間の肉は、ほんのわずか目を覚ましたような感覚はあるが、かつての勇猛果敢な漲りは、まるで姿を表わしてこない。そもそもこの四年ほど、まったく使用していなかったのだから。

（どうするか？）

とっくに還暦をすぎた常識をわきまえる男と自認していても、身の振り方が定まらず、哀れなほど手をこまねいている。相方の沙織は覚悟を決めている素振りなのに。

この様《ざま》では、風呂に入ろうかと誘うこともできない。

裸になった自分の姿を目にして、沙織は笑うかもしれない。股間の茂みには何本もの白い毛が混じっているし、肝心の男の肉はだらしなく垂れたままである。まさに、高齢者の見本の姿ではないか、と。

「今夜はね、お泊りしましょう。いいでしょう。だから……、そうだわ、一緒にお風呂に入るの。四年半前のあの夜と同じように。たった今、わたしの瞼《まぶた》の奥にはっきり浮かんできました、あの夜の、あなたとわたしのやったことが」

一瞬、遠くを見つめるような視線を窓の外に向けた沙織の手が、急に忙しく動いた。ためらいは微塵《みじん》もない。ブラウスのボタンを次々とはずしていく。前の割れたブラウスの内側から、ふわりと浮きあがった純白のブラジャーには、繊細なレースが施されていた。

それよりなにより、ふたつの白い肉の隆起に、川奈は見とれた。谷間は深い。四年半前の彼女の肉体を正しく記憶しているわけではない。が、そのなめらかな実《み》りようは川奈の目を釘付けして離さない。

あっ、これっ！　川奈は声を出しかけた。ボタンのはずれたブラウスを、ぽいとベッドに投げた沙織の指は、時間をおくこともなく、スカートのファスナーを引きおろしたからだ。足首で皺《しわ》になったスカートを拾いあげる沙織の恰好《かっこう》に、またしても川奈の目はくらんだ。

何年ぶりかで目にする漆黒《しっこく》のパンツ、いや、極細の布は、川奈の胸を激しく揺さぶった。ブラックの細布が痛そうなほど強く、臀の割れ目に食いこんでいたからだ。

「あん、あなたも早く脱いでください。お風呂に入るの。洗ってあげます。あなたの躯の隅々まで」

嬉々とした表情に変化した沙織の頬が、ぽっと、熟したイチゴ色に変化した。

甲高《かんだか》い声を発した沙織は、小さな二枚の下着姿のまま、バスタブに走った。

黒い細布で右と左に断ち割られたむっちりとした臀部が、呆然《ぼうぜん》と立ちつくして、身動きも取れないでいる川奈を嘲笑《あざわら》うかのように、ゆらゆらと揺れて遠のいていく。

(ぼくは風邪気味だから、風呂は遠慮しておくよ)

腹の中で苦しい言い訳を思いついたが、言葉にならない。

しょうがない。川奈はあきらめた。

仕方がないと思いなおしたものの、衣類を脱ぐ手つきは、ひどくのろまになった。裸になる自信がない。渋々である。

やっとトランクス一枚になって川奈は改めて己の股間を覗いた。トランクスの前は平坦だった。盛りあがっていない。

(だらしのない男に成り下がってしまったものだ)

無理やり下腹に力を込めても、漲ってこない。

熟れた人妻の半裸を目の前にしながらも、だ。

たった四年ほどの歳月は、川奈の男の力を根こそぎ、削《そ》ぎ落としていた。バスルームに消えていった女性との年齢差は四年半前と同じである。が、自分のみがやたらと衰えてしまったような惨《みじ》めさに、川奈の気分はますます滅入っていく。

それでも川奈は、やっとの思いでトランクスを脱いだ。洗面台に走り、タオルを腰に巻いた。

今は尻込みをしているときではないと、己をけしかける。

「入るよ」

バスタブのドアの前で、川奈は声をかけた。

おそらく沙織は一糸まとわない姿になって、バスタブに浸かっているか、それともシャワーを浴びているか。どうか、ドアのほうを見ないでくれと祈りながら、川奈はドアを開いた。

幸いなことにバスルームは湯煙が充満していた。

川奈は目を凝らした。沙織の姿がバスタブの中にあることを確認した。股間に白い毛が数本混じっていても、男の肉が勇躍と屹立《きつりつ》していたら、前を隠すこともなくバスタブに飛びこんでいただろう。が、しょげきっているから、行動は自然と鈍くなる。

「川奈さんのお躯、四年半前と全然変わっていないみたい。胸のまわりも、堂々と張っていらっしゃいます」

見あげて沙織は、すべてがお世辞でもなさそうな声で言った。

問題は筋力じゃないんだ、白い毛の混じりはじめた金力《きんりょく》なんだ。とぼけ笑いをもらしながら川奈は、タオルをあてがったまま、そろりとバスタブに身を沈めた。一挙手一投足に自信が持てない。それらのすべての原因は、今になっても勃とうとしない男の肉のだらしなさだった。

透明の湯の底では、人妻のなめらかな太腿の付け根に黒い翳《かげ》が揺れているし、湯面に半分も顔を覗かせている乳房の頂には、サーモンピンクに似た色あいの乳首が、ぴくんと尖《とが》っているというのに。

こんな体たらくでは、沙織を呼び出すこともなかった。川奈は己のそそっかしさにあきれながらも、ハッとして沙織の両手をつかまえた。彼女の指先が、胸板に這ってきたからだ。

乳首のまわりを、それは愛おしそうに撫でてくる。

「ねっ、わたしの躯、変わりましたか。自分ではよくわからないの、少し太ったみたいで……、ああん、もっとしっかりわたしの躯を見てください」

二人を離していた歳月を埋めるような甘い声が、指先の動きに合わせ、川奈の全身を刺激してくるのだが、やはり、股間に変化はない。いや、男の肉はますます萎縮《いしゅく》していく。

「太ったかどうかと聞かれても、きみはお湯に浸かっているのだから、よくわからない」

返事に窮《きゅう》して川奈は、その場しのぎの応対をした。

急に沙織の目尻が歪《ゆが》んだ。唇を舐める。

「それって、もしかしたら、あなたの前に立ちなさいとおっしゃっているんですね。わたしの裸を、すぐ前でご覧になりたいんでしょう。四年半前とは逆なのね。わたしがあなたの前に立ちつくす、なんて。でもうれしい。わたしの全部を見たいとおっしゃっているんですもの」

ああっ！　川奈は目を瞠《みは》った。

湯面が激しく波打った。お湯の滴《しずく》を流す白い裸身が、すくっと立ちはだかったのだ。二人の空間は一メートルもない。股間の黒い翳が、その一本一本を鮮やかに見せつけてくる。

お湯の滴が毛先に溜まって、ぽたり、ぽたりと垂れおちる。

（こんな形をしていたっけ……）

川奈は思い出そうとしたが、まるでよみがえってこない。

多毛のほうだ。その形状は、輪郭《りんかく》のはっきりとした逆三角形。黒い毛を茂らせる股間の丘は、肉厚のようで、その下辺に切れこむ肉筋を、あからさまにしてくるのだ。

「わたしの躯なんか、もう忘れていたんでしょう」

頭の上から届いてきた沙織の声は、なじっているような。

「忘れようと努力していたのかもしれない」

苦しい言い訳をした。

「どうして？　わたしは全部覚えていました。さっきも言ったでしょう、太さとか、長さとか、匂いも、お味も。わたしだけが二人の思い出を大事にしていたみたいで、悲しい」

「それは、ごめん。沙織……、いや、きみのことをいつも思い出していると、会いたくなるだろう。きみを浮気者の奥さんにしたくなかったんだ」

「あら、それじゃ、どうして昨日連絡してくださったんですか。わたしを浮気者にしたくなったから、とか？」

「うーん、それがね」

目の前で、惜しげもなく全裸をさらす沙織が立ち尽くしているというのに、川奈の言葉はまだあやふやなのだ。しかも川奈の目は伏せぎみになって、女の裸身から離れようとしている。

見つめれば見つめるほど、己の躯の不自由さが身に染みてくるからだ。

「ああん、じれったい人。わたしをもっと昂奮させてください。島田と結婚してから一度も、ねっ、彼を裏切ったことはないって、さっき言ったでしょう。でも、川奈さんだったら、浮気じゃないって、わたし、心に決めてお家《うち》を出てきたんです。それなのに、あなたは全然元気がないみたいで。わたしの躯がおばさんになっていたから、がっかりしたんでしょう」

問いつめられていく。

「いや、そうじゃないんだ。きみはまだまだとても美しい。魅力的だよ。お世辞じゃない。けれどね、きみの躯を見れば見るほど、苦しくなってくるんだ。ぼく自身がね」

「わたし、わかりません。なぜ、あなたがそんなに苦しいのか」

やっとの思いで川奈は視線を上げた。

濡れた髪に指先をすき入れる沙織の、その腋《わき》の下から、甘酸っぱい匂いがふわりと漂ってきたように、川奈は感じた。

この女性は恥ずかしさをこらえて全裸をさらしているのだろう。だったら、自分も正直に、今の苦しみを伝えることが、この重っくるしい雰囲気から逃げ出す手段かもしれない。

あっ！　次の瞬間、川奈は大声をあげそうになった。が、口から飛び出しかけた声が、さえぎられた。なにかに口を塞《ふさ》がれたからだ。そのなにかを見つけるのに、さほどの時間はかからなかった。

声をあげそうになった唇を、ひしっと押さえつけてきたのは、沙織の肉の丘。多毛と思える濡れた茂みを唇に重ねてきたのだ。しかも沙織の両手は、川奈の頭を両側から強く挟んできて。

「あーっ、川奈さん……、ねっ、舌を出してちょうだい。わたしのそこに、お口を付けてほしいの。四年半前も、あなたは、わたしのお臀に顔を埋めて、舌を使ってくださったでしょう。お臀の奥にも、だったわ。初めてだったの。でも、わたしは感じて、大きな声をあげました。苦しいことなんか全部忘れて、あーっ、もう一度、わたしの一番感じるお肉に、ねっ、舌を使って、吸ってください。お願い」

川奈は大きく仰《の》け反《ぞ》りそうになった。

ピンクのペディキュアを施した爪先を跳ねて沙織は、その右足をバスタブの淵に乗せたのだ。股間を大きく広げてくる。川奈の目は、その奥に向けられた。股間の丘では多毛と見えた黒い毛の群がりは肉の斜面に至る部分になって、ぷっつりと途切れ、赤茶に色づく二枚の肉畝《にくうね》をくっきりと浮き彫りにしているのだった。

太腿を大きく広げたまま、沙織は股間を迫《せ》り出してきた。川奈の上体は仰け反っていく。後頭部がバスタブの淵に重なってしまうほど。川奈は一点を凝視した。二枚の畝が少しずつ裂けていく。肉の斜面はほぼ無毛状態だから、粘膜のうねりが剝《む》き出しなのだ。二枚の畝に刻まれる細い皺まで、はっきり見える。

実に、

（猥《いや》らしい……）

正直な感想だった。いくらか腫《は》れているような肉の畝は左右に裂け、その内側から、ちらりと顔を覗かせた肉襞の色あいが。茜色《あかね》？　いや、緋色《ひ》……。どちらにしても、透明の粘液に濡れて、つやりとした光沢《こうたく》を放ってくる。

それに、裂け目の上端に突起する肉の芽《め》が、まるでその部分のみが呼吸をしているかのように、ひくりひくりとうごめいている。

無意識に川奈は、こくんと生唾を飲んだ。知らない間に、大量の唾《つば》が口に溜まっていた。

（おいっ、どうするんだ！）

川奈は自分に問うた。

大きく開いた太腿を両手にかかえ込んで、肉の斜面に口を寄せることは簡単そうだ。が、そこまでやっても、股間の男の肉が目を覚ます気配もない。目の上に広がる卑猥《ひわい》な肉面を見つづけていても、股間の奥に男の脈動は奔らない。

（素直に謝ったほうが、今の事態は平和に終息するかもしれない）

「沙織ちゃん」

視線を上げて川奈は呼んだ。

「あん、なあに？」

答えてきた彼女の目に、いたわりの色があった。

「少し、時間をくれないか。だから、もう一度バスタブに浸かってくれよ、ぼく前に」

お願いした声が、悲しいほど沈んだ。

「ねえ、お躯の具合が悪いんですか。以前の川奈さんとは、全然違います」

バスタブの淵に乗せていた足を、それは恥ずかしそうに下ろして沙織は、そろりと、その身を湯に沈めた。

たった今まで大股を広げていた大胆さはどこかに消え、湯面に半分ほど浮く乳房を両手で隠し、慎ましやかな姿勢で、湯の底に横座りになったのである。

わたしが悪かった。前後の見境もなく、大人の良識もなく、平和な夫婦生活を送っている一人の女性を無謀にも誘い出し、辱《はずかし》めた自分の責任を、川奈は腹のうちで強く非難した。

事の始まりのそもそもは、数日前のゴルフ場の出来事である。

平常心に立ちもどって冷静に考えると、これほどあたふたすることもなかったろうにと、川奈は自分を嗤《わら》った。

バカな歳寄りだと思って、聞いてくれないか……。それは心配そうな眼差しを送ってくる沙織に、川奈は順序だてて話しはじめた。

事の真実を心穏やかに語っているうち、奇妙な緊張感がほぐれていく。じっと聞き耳を立てていた沙織の目尻に、ときおりいたずらっぽい笑みが浮くようになった。

沙織の視線が、短く刈った川奈の頭髪に向いた。ゴマシオである。

「川奈さんは六十四歳になられたんでしょう」

ひと通りの話を聞き終えたとき、くすんと小声をもらし、沙織は言った。

「歳を取るのは早いものだ。ついこの前、還暦を迎えたばかりと思っていたのに、もう、六十代の半ばになろうとしているんだから」

「わたしの主人は四十九になります」

「男としては、脂《あぶら》が乗りきる年齢だ。仕事も遊びも」

「つい十日ほど前、見つけたんですよ」

声を殺して沙織は、ぱちぱちっとまばたきした。

「えっ、見つけた？　もしかしたら浮気の現場を？」

「違います。夜のベッドで」

沙織の声はさらに沈んだ。が、瞳《ひとみ》の奥がきらりと光ったように、見えた。いたずらっ子が友だちの悪さを見つけたような。

「ベッドでなにを？」

ややや興味が湧いた。夫婦の閨の出来事を卑《いや》しく妄想した。

「彼は、あの、わたしのお口が好きなんです」

「お口……？　キスが好きとか？」

「キスはキスでも、彼のあそこに」

ううん！　そこまで聞いて、川奈は大きくうなずいた。男であれば誰だって、好む戯《あそ》びである。

「沙織君も、かいがいしい奥さんになったということだ」

いくらかの嫉妬《しっと》心とうらやましさをこめて、川奈は彼女の唇を、じっと見つめた。この女性のご主人になった島田なる男とは、一面識もない。が、この愛らしい唇が、夜毎《よごと》、知らない男の肉を頰張っているという現実を聞かされて、川奈はますます滅入《めい》った。

今の自分はどんなに気張っても、頰張らせるほどの容量にはなっていない。白い毛が混じっている以上に、すっかり役立たずの状態におかれている己の肉体がうらめしい。

そんな川奈の苦衷《くちゅう》を知ってか知らずか、沙織は付け足した。

「彼の髪は、まだ真っ黒ですよ。でもね、そう、半年くらい前から、あのね、下のヘアに三本、四本と白いものが混じるようになったの」

「ええっ、まだ四十九歳なのに？」

「そうなんです。わたし、注意してあげました。もし浮気をするチャンスがあったら、明るいところはやめなさい。お相手の女性が、がっかりするかもしれないから、って」

「沙織君は人妻の鑑《かがみ》だな。浮気の心得を伝授してあげるなんて」

「主人だって、恥ずかしいでしょう、ほかの女性に白いヘアを見つけられたら。それからは、わたし、きっちり点検しています、夫の恥は妻の責任です。ですから、お口を使いながら、指でヘアを掻き分けて。だって、彼のヘアは多いんです。もさもさと」

そのときの夫婦の姿が、比較的鮮明に浮きあがった。

おそらく双方は全裸なのだろう。

点検体勢はシックスナイン。その体位が白い毛を見つけるための、もっとも適切な形だろう、と。

「そうすると沙織君は、白い毛を発見すると、毛抜きでも使って抜いてあげる、とか？　しかし、痛そうだな」

「毛抜きなんてかわいそうよ。わたし、歯で噛《か》んで、ぴっと引っこ抜いてあげます。痛いっ！　て、大声を出しても、抜き終わるといつも、ああん、彼のお肉はとても大きくなっているんですよ」

ふーん、ある種、サドマゾの世界ではないか。ロウソクを垂らしたり、鞭《むち》でひっぱたく拷問《ごうもん》まがいの前戯は、彼らの昂奮を激しく焚きつけいくそうだから。苦痛を伴う毛抜きも、ひとつの技かもしれない、と。

「白い毛を歯で抜いてやることが、きみたち夫婦の快楽につながっているようだね」

「そうね。でもね、わたしの言いたいことは、川奈さんのヘアに、少しくらい白いものが混じったからって、そんなに落胆することはありません……、ということです。ご自分のお歳も考えてください。そうでしょう。川奈さんらしくないわ」

慰《なぐさ》められた。励まされている。物事はもっとポジティブに考えなさい、と。が、それじゃ、妻の絹江に、わたしの白い毛を歯で噛んで、抜いてくれとは頼めない。その姿はどうしても想像できないからだ。

「しかしね、今はもっと深刻な問題に直面しているんだ」

「白いヘアのほかに？」

「大日本証券を退職したとき、嫁殿と約束をしたんだ。現役時代は長らく苦労をかけてきたから、これからは二人で再出発をしよう、と。幸い、二人の趣味はゴルフだったから、一カ月に二度、三度プレイして、第二の人生を大いに愉しもうと、ね」

「うらやましい」

「還暦をすぎた夫婦に、男と女のつながりは不要だろうと考えてね。以来、一度も同衾《どうきん》したことがない。それはそれで、間違った選択ではなかったと思っていたんだが、今夜、久しぶりに、若くて美しい女性の素肌、いや、素肌だけではない。女性の秘密の肉を目にしても、まるで男の力が湧きあがってこない。

この現実は、表現しがたいほど哀れだよ」

川奈の物言いは、やや開き直っていた。

おそらく、相手が沙織だからこそ白状できたのかもしれない。結婚直前に躯を開いてきた女性に対する信用というべきか。

沙織の視線が透明の湯の底に向いた。

悲しいかな、今になっても男の肉に変化はない。

四年余も放置しておいたツケが、男の力の終焉《しゅうえん》を告げているような。

「大きくならない……、んですね」

沙織の目が湯の底と川奈の顔を何度か往復した。

「さっき、きみはぼくの目の前で、ブラウスとスカートを脱いでくれた。黒くて細い紐状の下着は、きみの裸を輝かせていたよ。以前のぼくだったら、風呂に入る前に飛びかかっていたと思うんだ。その場に組み伏せて、無理やりねじり込んでいたはずだ」

「わたしも、待っていたんです。わたしの躯をむちゃくちゃにしてほしかった」

「ところが、ぼくの躯は萎《な》えたままで、ぴくりとも反応しなかった。今でも同じだ。しょげきっている。股間のヘアに数本の白いものが混じっても、男の肉が勇猛に勃ちあがっていたら、こんなに悲観することはなかったかもしれない」

川奈はつい、己の股間を手で隠した。

まるで力のこもっていない男の肉が、へにゃりと歪んだ。

ハッとした。目元に同情の色を滲《にじ》ませた沙織の裸身が、湯面を掻いて近づいてきたからだ。

紅色に染まった乳首は、明らかに突起している。この女の肉体は発情している。川奈の目にはそう映った。

「わたし、大きくしてあげます」

沙織の声がかすれた。

「ありがとう。でもね、きみの力を借りて大きくするのは、男として恥ずかしい。男の肉は自分の力で沸騰させてこそ、これからの人生の自信につながるものだ。今、ぼくは反省している。色恋抜きの仙人のような生活をするのは、時期尚早だったと、ね。わが嫁さんだって悦《よろこ》ばないよ。長年苦労をかけた奥さんに、もう一度女の歓喜を与えてやる責任が、ぼくにはあるかもしれないと、考えなおしてね」

川奈のひと言ひと言に聞きほれていたような沙織の上体が、そっと胸板に埋もれてきた。

「川奈さんのお惚気《のろけ》を聞くなんて、考えてもいなかったわ。でも、素敵です。優しいのね。奥様を愛していらっしゃるんですね」

「うん、そうかもしれない。皮肉じゃなくて、きみと会って、きみの素肌に接して、ぼくはもう一度挑戦しなければならないと、心に決めたんだ。いつになるかわからないが、ぼくの力だけで男の能力を発揮できるようになったら、すぐに連絡するよ。約束だ」

胸板に寄りそっていた沙織の顔が、そっと向きあがった。

大きな瞳に透明の涙を溜めていた。

そして、ごく自然に、二人の唇は音も立てず、静かに重なった。

第二章　出戻り女将との一夜

暮れなずむ大海の彼方に、薄墨《うすずみ》を流したような富士の山が、くっきりと浮きあがっている。山頂に雪をいただく富士も、勇壮、荘厳《そうごん》だが、雪のない黒い富士は一段と重々しく神々《こうごう》しい。そして、遥か遠い対岸から眺める富士は、一服の絵画の如きで、なおのこと神秘的に映ってくる。

まわりに高い山がないせいか、その標高、大きさを改めて教えてくれるのだ。

(何年ぶりのことだろうか……)

房総《ぼうそう》半島の突端に位置する小さな漁港を訪れたのは。

近海漁を主にしているらしい小型の漁船が十数艘《そう》繋留されているだけの港に、人影はない。なんの警戒心もなく、あたりをのんびりうろついている数匹の野良猫が、この港町の平和を物語っている。

房総の地はサラリーマン時代、友人と連れだって、ゴルフをしにきたことが何度かあった。金曜日の夕方、東京を発《た》ち、予約しておいた宿に到着するなり、雀卓《じゃんたく》を囲んだ。睡眠はわずか三、四時間で、次の日の早朝からゴルフ場に出かけ、ラウンドをこなし、そして宿に戻るなり、食事もそこそこにまた雀卓を囲んだ。

二泊三日のゴルフ&麻雀の旅は、川奈誠二の若い時代のリフレッシュ・タイムだったことは間違いない。

――学生時代の友人に会ってくるよ。二晩ほど泊まるかもしれない。退職後初めて川奈は、妻の絹江に真っ赤なごまかしの言い訳を残して家を出た。西に行くか、東に行くか。東京駅に着いたとき、川奈はやっと行き先を決めた。

(フーテンの寅《とら》さんの心境だな)

川奈は一人笑いをもらした。

主役の渥美清《あつみきよし》が健在だったころ、川奈は映画館やテレビで何度も『男はつらいよ』シリーズを観た。涙と笑いの名作だったと、川奈は信じて疑わない。寅さんのような、勝手気ままな生活をつづけ、自由な旅をしたら、さぞ愉快だろうと考えたことは何度もあった。

東京駅に着いたとき、川奈は急に寅さんシリーズを思い出し、風の向くまま、気の向くままに行き先を考えた。その結果、八重洲《やえす》口から出ている高速バスに乗っていた。とりあえずの目的地は、昔懐かしい房総半島だった。

寅さん的旅をすると、もしかしたら、いい女に出会うかもしれないという、淡い夢が脳裏に広がったことも否《いな》めない。昔なじみの女に連絡をとって、安直な回春行為に励むのは、金輪際《こんりんざい》やめよう。

十日ほど前、島田沙織を呼び出した結果、男としては惨め、無残な己の姿を発見して、昔を思い出すことは意味がないと、川奈は固く決めた。

自力更生を原則としなければならない。

(今夜はどこに泊まろうか)

ひたひたと小さな波が打ちよせる漁港をあとにして川奈は、宿を探して歩きはじめた。

本来であれば、適当な宿屋なりホテルを予約してから旅に出たものだが、寅さん的発想は、行き当たりばったりの旅が似合っている。

あたりを見わたすと、立派そうなホテルの明かりが目についたが、やめた。

地方を旅する寅さんはいつも、安っぽい木賃宿《きちんやど》だったから。

かなり急坂の細い道を上った。

大通りに出る角に、赤提灯《ちょうちん》を下げた小さな居酒屋が、寂《さび》れた明かりを灯《とも》していた。その真横に濱野屋《はまのや》という古ぼけた看板を下げた二階建ての宿があった。宿泊料金は一泊五千五百円と、玄関口の看板に記されている。

出たとこ勝負だな。数枚の着替えと洗面道具、ラップトップのパソコン、スマホ等を入れたリュックを担《かつ》ぎなおして川奈は、濱野屋の暖簾《のれん》をくぐった。外見は年輪を感じさせる建築だったが、板敷きの玄関はピカピカに磨きぬかれていた。清潔そうなところが、なにより好ましい。

「こんばんは」

玄関口に立って川奈は大声を発した。

待つこと十秒ほど。廊下の奥から一人の女性が、小走りで出てきた。こざっぱりとした和装である。

女は不審そうな目つきで、川奈を睨《にら》んだ。

「どなた様でしょうか」

女の声に警戒心が滲んだ。

怪しまれても仕方がない。頭には黒いゴルフ帽を被っていた。髭《ひげ》も多少伸びている。寒さよけに着たグレーのコートはかなり着古しているし、ブーツは泥で汚れていた。

「飛びこみで申しわけないんですが、今夜、泊めてもらえませんか。ほんとうは夜のバスで東京に帰ろうと思っていたんですが、海の向こうに見える富士山と、気持ちのいい海風に誘われて、一晩、泊まっていこうかなと、予定を変更したものですから」

「東京の方……、ですか」

「世田谷《せたがや》の経堂《きょうどう》です。房総半島にはいろいろ思い出があって、懐かしい土地なんです。部屋が空いていましたら、どこでも結構です、雨露がしのげれば」

両膝を付いて客を出迎える姿勢を取っていた女は、急にクスンと鼻を鳴らし、おかしそうな笑い声をもらした。

黒い髪を頭の後ろに丸くひっ詰めているヘアスタイルは、きれいな富士額《ふじびたい》で、ほんの少し紅を注《さ》しただけの姿が、この宿の若女将《わかおかみ》らしい落ちついた雰囲気を醸《かも》し出している。

「珍しい方……。このあたりにいらっしゃるお客様の大部分は海釣りが目的で、予約もしないでふらっと来られる方は、ほとんどいらっしゃいません」

「すみませんね。しかし決して怪しい者じゃありませんよ。四年ほど前、会社を定年退職して、今は浪々《ろうろう》の身で、自分を証明する書類は、運転免許証か保険証、そうだ、マイナンバーカードがありますから、お見せしましょうか」

宿泊を断られたら、次の民宿を探せばいい。そうも思ったが、目の前で膝を付く若女将らしい女性の、素朴そうな魅力に引きつけられた。宿賃を倍額にしても、今夜は世話になろうと、川奈は一方的に決めつけた。

「今夜はお客様がお一人もいらっしゃいませんから、大した夕食の支度はできませんが、それでもよろしかったら、どうぞお上がりになってください」

川奈の身分を知ったせいか、若女将風女性は、とても愛想のいい言葉で答えた。

(ありがたい)

食事などはなんでもよい。

太陽が沈むと、潮風はまだ冷たい。冷えきった躯を温めてくれる風呂と、新鮮な刺身を少々、それとうまい地酒のぬる燗《かん》を二、三本用意してくれれば充分である。

さっそく案内された部屋は、十畳近くもありそうな二階だった。畳は真新しいし、半畳ほどありそうな床の間には、鮮やかな朱色の寒椿を二本挿した花瓶が置かれ、部屋の真ん中には、年代ものらしい炬燵《こたつ》が置かれていた。

「お食事が準備できるまで、お風呂に入ってください。それから、先ほども申しあげましたとおり、今夜は、お客様がお一人もいらっしゃらないので、板さんや仲居さんはおりません。ご不便でしょうが、わたしがお世話を致しますので、不調法でも勘弁してくださいな」

絶えず目元に微笑みを浮かべながら、彼女は済まなそうに言った。

腰の曲がりかけたおばさん仲居など、いらない。

できることなら寸時でよいから、あなたが酒のお酌でもしてくれたら最高だ。そんなもてなしがあったら、行き着くままの旅の目的は半分以上達することができる。川奈は、すっかり寅さん気分に浸って、一階にある風呂場に足を運んだ。

久しぶりに一人湯の長湯をした。

彼女が用意してくれた浴衣《ゆかた》に丹前《たんぜん》を肩に掛けて、川奈は部屋に戻った。

へーっ、これはご馳走だ！　炬燵テーブルの上に、ところ狭しと並べられた料理は、目を瞠るほど盛りだくさんで、とくに目を引いたのは、長さ三十センチもありそうな金目《きんめ》鯛《だい》の煮付けだった。

（これは高そうだ！）

一泊の宿賃が五千五百円では、とうてい賄《まかな》えまい。優しげな若女将風女性は、ひょっとするととんでもない食わせ者で、宿賃を払う段になって、法外な料金を吹っかけてくるかもしれない。

地球規模で猛威を揮っているコロナ禍は、とくに飲食店や宿泊施設に甚大《じんだい》な被害を撒《ま》き散らし、日本列島のあちらこちらで倒産、閉店を余儀なくされている。

予約もなしに、ふらりと現われた一見《いちげん》の客は、格好の稼《かせ》ぎ相手と目星をつけるのは、宿側の勝手である。ましてや、あの素朴そうな若女将風女性の愛想笑いは、男の鼻の下を伸ばして、言いなりになってしまいそうな一面も隠しもっていそうな。

そもそも川奈には、金目鯛料理で苦い経験があった。

まだサラリーマン現役だったころ、一夜《ひとよ》の戯び相手で付き合っていた女を食事に誘った。場所はどこでもいい。腹が減っていた。初めて入る東京は神楽坂《かぐらざか》の炉辺《ろばた》焼き屋で、川奈は金目鯛の塩焼きを頼んだ。

勘定するときになって、川奈は目を剥いた。

金目鯛の塩焼きの値段が、六千五百円となっていたからだ。女の手前、川奈は素知らぬ顔で請求どおりに支払ったのだが、以来、金目鯛の料理には、いっさい目を向けないことにしていた。額面どおりのうまい料理だったら、文句は言わない。が、少なくとも神楽坂で食した金目に、六千五百円の美味は感じなかったからである。

だから、炬燵テーブルの上に載せられた大皿の金目鯛に、やや腰が引けた。

しかも、炬燵の横には大型の火鉢が置かれていて、炭火の上の鉄瓶が、しゅんしゅんとお湯をたぎらせていたのである。

初めて利用する宿にしては、至れり尽くせりの待遇なのだが、これほど恵まれた環境を整えられると、到底、寅さん的旅情は味わえない。

「いかがでしたか、お湯加減は？」

十分と待つこともなく、若女将風女性が襖《ふすま》を開けて入ってきた。お愛想らしい微笑みに慣れが混じっていて、密かに悪さを企《たくら》む女とは、思えない。

「のんびりした気分になって長湯をしたものだから、少しのぼせてしまったらしい。冷たいビールをもらえませんか」

かなりの警戒心を腹の中に据えて、川奈は彼女の顔を覗いた。

「どんなに寒くても、お風呂のあとは冷たいおビールがよろしいと思って、用意してあります」

答えた彼女は部屋の片隅に置かれていた小ぶりの冷蔵庫に歩いて、一本の瓶ビールを持ってきた。やはり、気配りがありすぎる。川奈の視線はちらりと金目鯛の煮付けに向き、そして瓶ビールを下げた彼女の手に移った。

たった今まで気づかなかった。

しなやかな指先である。漁港の近くに構える宿屋の女将さんにしては、肌も白い。マニキュアなどいっさい施していない素の爪が、透明感のあるピンクに光っていたのである。やっぱり悪女に見えない。

白い泡を立てて、ビールが注がれた。

うーん、うまい！　川奈は一気に呷った。が、ここに至って、相手の腹を探るような物言いは、せっかくのビールや料理の味が損なわれる。冷たいビールが喉に染《し》みていく心地よさを味わったとき、川奈は腹を据えた。宿泊料を三倍請求されたって、大したことはないだろう。

それより今の雰囲気を壊したくない。

なにしろ、鉄瓶のお湯がしゅんしゅんと煮えたぎる音が、耳の底に響いてくるほど、あたりは静まりかえっている。

「どうですか、あなたも一杯やりませんか。たいそうな美人さんが目の前にいるというのに、一人で呑んでいては、座が白けてしまう」

「よろしいんですか、わたしのような女でも」

それまで炬燵の横に正座していた女は、和服の裾をこすって炬燵の中に、両膝を入れた。

「この宿の若女将さんでしょう」

彼女が手にしたグラスにビールを注いでやりながら、川奈はさりげなく問うた。

「いいえ、若女将ではなく、出戻り女将です」

冗談ぽく答えた女は、唇に白い泡を残して、ビールを呑んだ。

「出戻り、女将……？　どういうことですか」

「お客様は川奈、誠二様とおっしゃいましたわね。宿帳にはそう記されていました。もちろん、奥様もいらっしゃるのでしょう」

「たまには一人旅もいいかな、と」

「わたしも二年ほど前まで、主婦でした。東京で。でも別れました。主人はとても律儀というのか、真面目というのか、融通が利かないというのか。わたしはがんじがらめに束縛されたのです。そんな男性でも、四年ほど我慢しましたけれど、わたしの神経が参ってしまって。そうですわ、川奈さんのように、たまには一人でどこかに出かけるとか、お友だちと遊びに行ってくれたら気が晴れて、別れることもなかったんです」

玄関で出迎えてくれたときからの、明るい表情は消え、うつむき加減で、声に力がない。

「なるほど。それで離婚されて、実家、すなわちこの宿の仕事を始めた、とか」

「はい。女将は母ですが、年齢的なこともあって、わたしが切り盛りしています」

そんなにしょぼくれないでくれと、川奈は空になった彼女のグラスに新しいビールを注いでやった。

「出戻り女将といっても、まだお若そうだ。次のロマンスが待っていますよ。あなたほど魅力的な女性だったら、引く手数多《あまた》でしょう」

決してお世辞ではない。改めて彼女の容姿に目を移すと、涼しそうな瞳、切れ長の眉《まゆ》、高い鼻筋、ほんの少しぽってりとした唇の形状は、十人並み以上の美形である。

彼女はグラスを手にした。

またひと息に呑んだ。

「ここは房総半島の港町です。遊びに来られるお客様は釣り道楽の方ばかりで、半端な女には目もくれず、釣果《ちょうか》の自慢ばかりなさっています。ですから、川奈さんのようなお客様はほんとうに珍しいんですよ。出戻り女将のお酒の相手をしてくださっているんですから」

「これほど魅力的な女将さんをほっといて、釣り自慢をしているようでは、人生の半分も損をしていますね。そのうち、ぼくと同じような不遇に直面して、あわてふためくことになるかもしれない」

女将のしなやかな指からビールのグラスが、ことりと音を立てて、炬燵テーブルに落ちた。そして和服の襟元《えりもと》に指を当て、当惑したような目つきになって、やや上体を前倒しにする。

なぜかそのとき川奈の目には、女将の襟元から覗いた淡いピンクの半襟が、とてもまぶしく映った。

「不遇、とは、どういう意味ですか。川奈さんの日々の生活には、一点の悩みもないように見えますが」

どう答えていいのか、正確な言葉がすぐさま浮かんでこない。

股間のヘアに白いものが混じってきて、肝心の男の肉が役立たずになってしまったんですよと、潔《いさぎよ》く白状するには、アルコールの量が少なすぎた。ましてや初対面の美人女将が相手では、喉からひと言も出てこない。

「四年ほど前、定年退職したんですよ」

なにから話していいのかまごついて、川奈は差しさわりのないところから切り出した。

「そうしますと、今、川奈さんのお歳は、六十四か五？」

「天の神様か仏様からのお告げじゃなかったんだけれど、退職を機に、その……、長年連れ添ってくれた奥さんと、厄介な約束を交わしてしまった」

「わかりました。今までの勝手気ままな生活はやめて、奥様とお二人仲よく、睦《むつ》まじく第二の人生を歩もうよ、とか？」

「そう、そのとおり。酒は自宅で呑む。趣味のゴルフを月に二度か三度、夫婦でやって、健康に留意しよう。浮気はいっさいやりません。庭に菜園でも作って、野菜の収穫を愉しもうじゃないか。これからは、清く正しい生活に切り替えるから、よろしくと、殊勝な言葉を並べてしまった」

グラスに残っていたビールを呑みながらの話だから、舌の回転もだんだんなめらかになっていく。

女将の視線が、ウソをおっしゃいと言わんばかりに、しつこくまとわり付いてきたように感じた。

それでも女将の白い指先は、テーブルに載っていた大ぶりの徳利を取って、お湯がしゅんしゅんと沸く鉄瓶の中に沈めた。

「奥様もご安心なさって、お幸せになりましたでしょう」

「退職して四年ほど。平穏無事というのか、波風は立たずで、わたしの人生もいよいよ終末期に差しかかってきたのかと、寂しくなってきたりしてね」

川奈の声はだんだん愚痴っぽくなっていく。

「わたしの結婚生活も同じだったのかしら。主人といつも二人でいる生活が、どんどん窮屈になってきたようでした。そんな生活に憧れる女性もいるようですけれど、わたしはダメだった。たまにはわたし一人の自由がほしかったんですね。これって、わたしのわがままなのかしら」

二人の会話が、一見《いちげん》の客と宿の女将という関係から、少しずつ逸脱していく。

テーブルに置かれていたグイ呑みのひとつを手にして、女将はすっと差し出してきた。ビールはやめて、お酒にしましょうと、無言で訴えてくる。断る理由はなにもない。その言葉づかい、指先のしなり、ほっそりとした首筋が、とても色っぽく映ってくる。

これからは本格的な差しつ差されつ……。胡坐《あぐら》をかいていた膝をゆるめ、川奈は腰を据えなおした。

「奥さんはそれなりに満足していたようだけれど、ある日、ぼくはとんでもない自分を発見して、これはいかん！　このまま後期高齢者の仲間入りをして、むざむざ老いぼれていくのは早すぎると、思いなおしたというのが現実だったようで」

鉄瓶から取り出した徳利を右手に持ったまま、女将は笑いを噛み殺して、肩を震わせた。

上目づかいに見つめてくる眼差しが、さらに色っぽい。まさに、目は口ほどにものを言う、である。

「優しそうな奥様がご健在なのに、お宿も決めず、好き放題の旅をなさっている男性が老いぼれるなんておっしゃったら、ほんとうにお歳を召していらっしゃるご老人がお聞きになったら、怒られますわよ」

たしなめるような口利きをしながら、女将は徳利の酒をグイ呑みに注いでくれた。お返しをするのが、男の礼儀である。ものは試しだ。適度なぬる燗の酒を一気に呷って、川奈はその盃《さかずき》を、女将の目の前に差し出した。

瞬間、川奈は盃を引き戻したくなった。

コロナ拡散の最大原因は、密である。同じ盃で酒を呑みかわすなどは、世情に反する最たる密行為。ましてやお互いの素性は、いまだほとんど知れていない。が、

「いただきます」

女将はなんのためらいもなく、手を伸ばしてきたのだった。盃を渡す代わりに、差し出されてきた手をぎゅっと握りしめたいような衝動に、川奈は瞬間かられた。

心が通うとは、こんな状況なのだろうか。

胸のまわりが、じーんと熱くなってくるような幸せ感に、川奈は浸った。

「ぼくの盃を受けてくれるんだったら、女将の名前を聞かせてもらえませんかね。同じ盃で酒を呑む段になっても、女将、女将では、せっかくの座が白けてしまう」

大ぶりのグイ呑みを指に挟んだまま、女将は小さくまばたきした。見ようによっては、情を伝えるウインクにも。

「貴子《たかこ》……。貴重の貴に子供の子。平凡な名前でしょう」

「そうすると濱野屋貴子さん」

「ああん、濱野屋の屋はいりません」

当てずっぽうが、半分以上的中して、二人は顔を見あわせて、満面の笑みを交換した。

その隙を狙ったかのように、女将はグイ呑みの酒を、まさにグイと呑みほした。大した酒豪である。

女将は返杯してきた。

盃の淵がかすかに色づいているところを、すかさず見つけて、川奈は唇を当てた。大昔流でたとえるなら間接キスである。が、そのわずかな紅色に、確かな女の甘さを感じたことは間違いない。

突然、川奈は表現しがたい緊張感に襲われた。

気の利いた男らしい言葉が出てこない。

わたしもだらしのない男に成り下がったものだと、川奈は腹のうちで地団駄を踏んだ。その昔だったら、女性をいい気分にさせる言葉のひとつやふたつ、すぐにも出てきたものなのに。しょうがない。川奈は箸《はし》を取った。金目鯛の煮付けに箸を伸ばす。

「うまそうな金目だけれど、魚屋さんで買ってくるの？」

部屋の空気を、ぶち壊してしまいそうな味気なさだった。

「魚屋さんじゃありません。ほら、金目のほかに、石鯛、矢柄《やがら》、マンボウのお刺身があるでしょう。みんなわたしの船で獲ってきたんですよ。定置網も使って」

矢柄なる名前の魚は、初めて見る珍魚だったが、わたしの船という聞き捨てならぬひと言に、川奈の視線は女将に向いた。

「女将さんの船……？」

「亡くなった父親が遺《のこ》してくれた船です。小型の漁船。でも十九トンあるんですよ。誰も使わなかったら宝の持ち腐れでしょ。それでわたし、小型船舶操縦士の免許を取りました」

「ええっ！　そうすると女将さんは、濱野屋の主《あるじ》と同時に、船長さん！」

「網を使ったり、お魚を釣るお仕事は近所に住む甥《おい》に任せて、わたしは魚群探知機を見ながら、船を操舵《そうだ》しています」

「そうすると、このテーブルに載っているとても新鮮そうな魚クンたちは、女将さんの獲物だった？」

「おいしそうでしょう。少し波の高い海に出港するのって、爽快なの。車の運転よりずっと。だって、車は制限速度がありますけれど、広い海はわたしの好きなように走れるんですもの」

「しかし、船の操舵免許を取るのはむずかしいんじゃないのか」

「いいえ、一級の小型船船操縦士のライセンスでも、学科と実技の教習を受けるだけで、それほど時間はかからないんです。費用も十六万円ほどでした。車の免許を取るよりお安いでしょう」

しっとりとした風情を匂わせる出戻り女将は、その一方で、荒波を快走する漁船の船長だった。川奈は見なおした。そんな特技があったのか、と。

和服も似合っているが、船を操っているときの、この女性の姿もぜひ見てみたい。

金目鯛の料理は二度と食しないと腹に決めていたのに、女将の獲物と聞いて、ならばさぞや美味だろうと、白身に箸を付けた。

「うまい！　味つけが最高だ」

ちょっと甘辛い白身の味わいが、舌の上で蕩《とろ》けていくような。

「ねえ、笑わないで聞いてくださいますか」

二本目の徳利を鉄瓶に入れながら、女将は恥ずかしそうな視線を送ってきた。まるで知らなかった彼女の一面を耳にして、その眼《まなこ》のまわり、唇の周囲がなおさらのこと、色っぽく映ってくる。

「時に海は荒れまくることもあると聞いていたから、あまりスピードは出さないほうが安全だと思うんだけれど」

「ううん、あのね、エンジンを目いっぱい吹かして、白波を蹴立てて走っていると、あの、わたし、エクスタシーを感じるんです」

「えっ、エクスタシー？」

本来、エクスタシーの語源はギリシャ語で、日本語に訳すと神秘的な忘我状態とか恍惚《こうこつ》、有頂天の意味である。

「わたしって、変な女なのかもしれません」

女将の表情が急に引きしまった。そして、ピンクの舌先で唇を舐めた。どうやら唇が乾燥したらしい。

「変じゃないよ。とても美しいし、魅力的な女性だ」

「別れた主人との夫婦生活は四年ほどだったでしょう。結婚する前、恋人が二人いました」

「女将さんほどきれいな女性だったら、男の経験が三人じゃ、少ないかもしれない」

「それでね……」

途中まで言いかけて女将は、鉄瓶から徳利を取り出し、グイ呑みに並々と注いで、ぐぐっと呑みほした。やや反らした頤《おとがい》の、裏側のきめ細かな艶のある皮膚が、とてつもなくなめらかなのだ。

そろりと指先を這わせたいほどの。

ひと呼吸おいて女将は、言葉を継ぎ足した。

「恋人とか主人に抱かれても、エクスタシーは感じなかったんです。ですから、あの、セックスのとき。でも、見わたす限りの海原を全力で走ると、海の神様にしっかり抱擁されているような感じになって、ねっ、いってしまうこともあるんですよ。わたしって、やっぱりおかしいでしょう」

船に乗った記憶は中学校の修学旅行で四国に行ったとき、大型フェリーに乗せられたときだけだった。フェリーが揺れた。友達たちは平気で船の旅行を愉しんでいたが、自分だけはひどい船酔いに苦しめられ、二度と船には乗らないと、一人で腹を立てていた。

が、女将の操舵する漁船なら、どれほど強烈な荒波に揉まれても、船酔いなどしないだろうと、川奈は一人でこっそり下腹に力をこめた。

が、二人の語り合いに、熱が帯びてきたことは間違いない。

「女将さん、いや、貴子船長がエクスタシーを感じたときの躯の具合を、もう少し具体的に聞かせてくれませんかね。ぼくのような歳寄りには垂涎《すいぜん》の桃色エピソードとなって、老いぼれてきた躯に活を入れてくれるでしょうから。船長の秘密を聞かせてもらうだけで、房総に来たかいがあるというものですよ」

いつの間にか川奈の上体は、炬燵テーブルに乗り出していた。

アルコールの酔いよりはるかに効果的な熱量が、体内を巡回していく。

川奈の姿勢に威圧されたのか、女将の半身が、やや仰け反った。

「いやですわ、具体的に、なんて」

「正直なことを白状すると、定年退職後、美しい女性の肌と交わったことがなかった。ぼくなりに、己の半生を懺悔したんでしょうかね。いい歳をして、いつまでも悪さをやってはいけない、と。これでもサラリーマン現職のころは、それなりの経験を積んできたつもりだったけれど、ぷつりとやめて、結果、エクスタシーを迎えた女性の躯がどのように変化したのか、すっかり忘れてしまった」

「わたしの変な癖……、そんなに興味があるんですか」

「もちろん。船の舵を握っているとき、女船長さんの肉体が、どんな具合になって絶頂に達するのか、誰だって聞きたくなるでしょう」

熱っぽく言葉をつむぎながら川奈は、こっそり生唾を飲んだ。

喉を通過した唾は、通常よりかなり粘っこく、熱をこもらせていた。

女将の視線が数秒、右往左往した。言うか、言うまいかを迷っているような。

「夕陽が沈むころを見計らって、船を出すんです。海面が黄金色《こがねいろ》に輝いて、それはきれいなんですよ。雲がないと、はるか遠くに富士山が見えて、わたしの躯が飲みこまれていくような感じにもなって」

「すばらしい光景でしょうね」

「船を出したら、走りたいだけ走ります。潮風を胸いっぱいに吸いながら」

「なるほど。そうすると、次第に恍惚の世界に呼びこまれていく」

「はい。まわりにはなにもいません。白い海鳥《うみどり》が飛んでいるくらいで」

「船長さんの躯は、だんだん熱っぽくなっていく。ぼくが聞きたいのは、一般的な男女交接のとき、男の肉は膨張していき、女性の膣《からだ》には、生ぬるい潤みが湧いてくる。それに類似した身体的変化が、海の神様に抱擁されたとき、船長さんの魅力いっぱいの肉体に生じてくるか、どうか、です」

女将の指が、またグイ呑みをつかんだ。

顔を仰け反らして呑みほした。アルコールのせいだけではない赤みが、ぽーっと頬を染めていく。

「無意識なんですよ、ほんとうです。信じてくださいますか」

「えっ、なにを信じろ、と？」

「あのね、いつの間にか、わたし、作業着のパンツを脱いでいるんです。パンツだけじゃありません。下着も、です」

ハンマーで脳天をぶん殴られたような衝撃を受けた。

この女船長は舵を握りながら、下半身を剥き身にしていたのだ。本人の証言であるから、間違いないだろう。

川奈の脳裏は素早く空想した。そのときの彼女の全身を。真後ろからうかがうと、やや薄汚れているかもしれない上着の裾の下には、濃熟した臀部の丸みが、むっくりと剥き出しになって、エクスタシーを感じはじめた股間を、前後に揺らしているかもしれない、と。

これは卑猥だ。

船の周囲は、夕陽を受ける海面が黄金色に染まっていくという神秘的な光景が広がっているだけなおのこと、白いなめし皮を張ったようなヒップの膨らみが、とてつもなく猥《いや》らしく想像できる。天地創造の神は、その美しさのどちらに軍配を上げるだろうか。

（わたしは迷うこともなく、実ったお臀に……）

川奈は腹のうちでつぶやいた。

「もう少し詳しく聞かせてくれませんかね。そのとき女将さん、いや、貴子さん、でもない、船長さんの膣は潤みはじめているとか？」

川奈の目は自然と、上目づかいになっていた。

女将の顔を下から仰ぎ見るような。

「手が、いえ、お指が動いてしまうんです。だって、うずうずしてくるんですよ」

「指がどこへ？　胸じゃありませんよね。上着は着ているんだから」

「ああん、川奈さんは意地悪な方です。詳しくお話しなくても、おわかりになるでしょう」

「では、ピンポイントで深入りさせていく？」

「あのね、お股が広がっていくんです。もう少し、中のほうに来てください、と」

川奈の瞼の奥で、さらに鮮明にそのときの情況が描かれた。

海の男、ならぬ海の女だった。面舵《おもかじ》いっぱい！　どころではない。自分の指先に、全速前進の命令を下しているはずだ。

しかし！　この女船長の股間の茂みは、どのような按配《あんばい》なのだろうか。多毛なのか、それとも薄毛なのか。が、どちらにしても彼女の指先は、気が遠くなっていくようなアクメの瞬間を追い求め、ぬるぬると深入りしていくのだろう。

「気持ちよさそうですね」

唇の端からこぼれ落ちそうになった唾を、あわてててすすって、川奈はだらしのない声を発していた。

「はい。とっても。どんなに大きな声を出しても、誰も聞いていません。お腹の底から、思いっきり、自分の悦び、歓喜を金色《こんじき》の海と、茜色に染まった大空に向かって叫ぶのです」

もしもその場に自分がいたら、わたしはどうするだろうか？

川奈は懸命に思考を重ねた。

が、具体的な絵は描かれてこない。

大自然を相手に女のアクメを叫ぶこの人に、自分の力はあまりにもお粗末で。

しかし是が非でも立ちあってみたい。神秘のまぐわいなのだから。

「明日のウェザーレポートは、どうなっているんでしょうかね」

川奈は唐突な質問を発していた。

「えっ、天気予報ですか」

「ええ。もし天気晴朗だったら、もう一日、旅を伸ばしてみようかと、急に思いついたんです」

女将の視線が不審そうにまばたいた。

三本目の徳利を鉄瓶に沈めながら、川奈の横顔をうかがってくる。

「旅行の日程を延ばしたら、お留守番をなさっている奥様が、心配なさいますわよ」

「嫁のことより、もしも貴子さんの船に乗せてもらったら、老人呆《ぼ》けが始まったぼくの肉体に若いころの活力が戻ってくるかもしれないという、夢が膨らんできたんですよ」

「それじゃ、わたしに老人介護をしなさい、と？」

女将の瞳に、意地悪っぽそうな笑みが浮いた。

悪態を付かれても仕方がない。六十四歳にして早くも、ところどころに老人の醜態《しゅうたい》が顔を覗かせているのだ。

「乗せてもらえますか、貴子さんの船に。ぼくにとっては人生初めての経験で、今から胸が高鳴ってきますね」

「その日、その日で気分が変わります。明日の夕方お船を出しても、沖合いを一周するだけで帰港するかもしれません。女の躯はわがままにできていますから」

「ぼくはね、実は船酔いをする体質なんだけれど、貴子船長が操舵する船だったら、酔うことはないと思ったりして。いいや、貴子船長の颯爽とした操舵ぶりを見させてもらうだけで、きっと満足するでしょうね」

三本目の徳利を鉄瓶から取り出した女将は、大ぶりのグイ呑みになみなみと注ぎ、半分ほど呑んで、差し出してきた。差しつ差されつもフィナーレを迎えようとしている。

うーん、ますます気分が高まっていく。窓の外から船の汽笛《きてき》が聞こえたからだ。昼間から、沖合いに停泊している何艘かの大型の貨物船が、出港していくのだろう。

港町の旅情を感じさせる、ほんのちょっと寂しげな汽笛が逆に、川奈の胸をときめかせていく。

久しぶりにたしなんだうまい酒。残った酒を、最後の一滴まで呑みほした川奈の表情に、男の満足感が浮いた。

翌日の午後一時ごろ。

港の波打ち際をぶらぶら散策していた川奈の背後に、一人の女性が駈けよってきた。

「川奈さん！」

呼ばれて川奈は振り向いた。

あっ、女将さん……。声を返そうとして川奈は、何度か目をぱちくりした。

昨日の夜のしっとりとした和服姿ではなく、白のタートルネックのセーターに、革のジャンパーを羽織った女将の姿があったからだ。下はジーパンで、黒っぽいブーツを履いている。長い黒髪は、かぶっている野球帽に、すっかり隠れているのだった。

若い女性らしく見えるのは、ほっそりとした項《うなじ》を彩っている遅れ毛のみ。船を出港させるのは、夕方だと聞いていたのに。

「どちらへ？」

約束が違うじゃないかと川奈は、不審に思って言葉を投げた。

「昼の海も経験してみませんか。今日は波も穏やかで、近場を遊覧してみましょうよ。今日もお泊りのお客様は一人もいらっしゃいませんから、わたし、閑《ひま》なんです。それに、川奈さんは濱野屋の貴重なお客様ですから、精いっぱいのサービスをしないと」

女将の口調はやや照れ気味だが、声は浮ついていた。

「しかし女将さんの、船乗りスタイルもよく似合っているね。颯爽として。男顔負けだ」

誉め言葉を並べながらも川奈は、自分の頭を整理するのに、難儀をしている。この女船長は自分の昂ぶりを抑えることができないで、ジーパンを脱ぎ、己の股間に指を埋めこんでいるのか、と。しかも大海原のど真ん中で。

「さ、船を出しますから、行きましょう」

川奈の返事も待たず、女船長は右手を差し出してきて、こちらにいらっしゃいと手招きした。

何艘かの小型漁船が繋留されている岸壁を歩くこと数分。

長さが二十メートルもありそうな白い漁船の前で、彼女は足を止めた。舳先《へさき》に記された船名は、墨黒々と『はま丸』と染められていた。濱野屋の濱の一字を取ったのだろう。

彼女に釣られて川奈は、船に飛び乗った。

そのときどこからか忽然《こつぜん》として現われた一人の青年が、船と岸壁を繋ぐ艫綱《ともづな》を解いて、ひょいと投げた。いなせなねじり鉢巻をした青年は、女船長に向かって軽い会釈をして、行ってらっしゃい、気をつけて、と声をかけた。

慣れ親しんだ言葉づかいからすると、『はま丸』が漁に出るとき、漁師の役目を果たしている彼女の甥っ子らしい。

エンジンが掛かった。舵を握った女船長は、岸壁に立って、船を見送る青年に向かって手を振った。

船はゆっくり、十数メートルほど後退した。そして舵をいっぱいに切ると、エンジン音がけたたましく響きわたった。いよいよ出港である。白波を蹴立てる。港の防潮堤を出ると、船は一気に加速した。波がいくらか高くなってくる。舵を握りながら女船長は、わたしの横にいらっしゃいと、手で招いた。長さが二十メートル近くもありそうな漁船だが、前後、左右に揺れだした。が、揺れはさほど気にならない。わりと殺風景な操舵室で舵を握る女船長の姿に、ついつい興味の目がいってしまうせいか。

操舵室の前面を囲うガラス、車にたとえるならフロントガラスに波しぶきがぶつかってくる。やっとの思いで彼女の真横に、川奈は立った。比較的小さく見える舵を握る彼女の凛々《リリ》しさに、ぼんやりと見ほれてしまって、だ。

和服姿でお酌をしてくれた面立ちも、間違いなく魅力的だったが、疾走する船を操る船長ぶりは、スタイル抜群、男勝りの恰好のよさを見せつけてくる。背筋をぴんと張って、やや両足を開いて踏んばっている。

「船酔いは大丈夫ですか」

船長は振り向きざま、声をかけてきた。

「今のところ」

言葉を返して川奈は顔を縦に振った。やせ我慢をしているわけではない。不思議と気分は上々なのだ。

が、白波を蹴立てる舳先に目をやりながらも、真横に立っている女船長のジーパンに注意の視線がいって、落ちつかない。和服を着ているときはまるで気がつかなかったのだが、ほどよい膨らみを描く太腿にフィットする、その健康的な色気に、川奈の興味はそそられている。

「しかし、わからないものだ。男の自分にとっては、なおさらのこと」

独り言なのか、それともかたわらにいる女船長に向かっての、つぶやきだったのか。

「なにかおっしゃいましたか」

とても愉しそうな微笑みを消さないで、彼女は川奈に問うた。

「昨日の夜の女将さん、いや、船長さんの話を急に思い出してね」

「まあ、なにを……？」

お天道様がまぶしく照りつけている真っ昼間の、それも、果てしのない海原の真ん中で聞きかえしていいものかどうか、川奈は迷った。

現実からかけ離れすぎている。

「だから船長さんは、黄金色に輝く西日に向かったとき、その、パンツも、それから下着も脱いで、自分の躯を慰めていた、とか。船の舵を握っている女将さん、いや、こうして、貴子さんの姿を間近で見ていると、信じられなくなって。もしかしたら、すっかり元気を失った老人を、言葉巧みに励ましてくれた優しさだったのかと、思いなおしているところなんだ」

「川奈さん、そんなにご自分を蔑《さげす》んだようなお話の仕方、やめてください。元気を失ったご老人だなんて、わたし、考えてもいません」

「そうすると、昨日の夜の話は、ほんとうのこと……？」

それまでの快調なエンジン音が、急に止まった。

白波を蹴立てて直進していた船が、ゆらりゆらりと波間に漂いはじめた。

「川奈さんとは昨夜、初めてお会いしたのに、わたし、なぜか、以前からお付き合いをしていたお客様に思えたんですよ。その方が、離婚をして寂しがっているわたしを励ましてやろうと、わざわざ、房総まで会いに来てくださったような。それなのに元気のない老人だ、なんて、悲しくなります」

十年も前の自分だったら、これほど甘やかな告白をされたら、秒とおかず飛びかかって、抱きしめていただろう。

が、足が半歩も前に出ない。

行動力不足である。

「男は己の躯の中心部に力が漲ってこないと、だらしなくなるのかな。僻《ひが》みっぽくなってしまうというのか」

船長の視線が、川奈の頭のてっぺんから爪先を、何度か往復した。

「わたしにとって海は、いろいろな悩みを、正しく、適切に、その上、とっても早く解決してくださる場所なんです」

彼女の声音が明らかにあらたまった。

「海が？」

「はい。たくさん苦しんで決めた離婚のときも、海の神様が教えてくださいました。人間は宿世《すくせ》と抗ってはいけない。正直に生きなさい、と」

まだ三十代半ばと見える女性の口から、宿世なる古い語彙《ごい》が飛び出してきて、川奈はややたじろいだ。この女性はきっと、言葉では言い表わせない人生の辛苦を味わってきたのだろう、と。

「それで離婚を決意した、とか?」

「しばらくの時間、大自然の海と仲よく生活しなさいと、教えてくださいました。小型船舶操縦士のライセンスを取ったのも、そのときです。自分で船を操作できたら、いつでも、好きなときに海に出られます」

「そうだったのか」

「川奈さんより、ずっと若いわたしが申しあげるのは失礼かもしれませんが、男の躯が漲ってこない、くらいで、気持ちを後退させることはありません」

「しかし、本人にしてみると、男の人生の落伍者のように思えてきてね」

女船長の足が半歩、川奈に近づいた。

目元に柔らかい微笑みを浮かせて、だ。

「でも、お顔の艶もよろしいし、足腰だって、まだしっかりなさっています。さっき、岸から船に飛び下りていらっしゃったときだって、よろけることはなかったんです。ほんとうに足腰が弱っていたら、転びます」

「ゴルフをやっているせいか、足腰はまだ衰えていないようだが、肝心の肉が使いものにならなくなってしまった。初対面の貴子さんに白状する問題ではないんだけれど」

「肝心の肉？」

短く問いかえして女船長は、腕を組んだ。

身長は百六十センチそこそこだが、腕を組んだ躯がでかく見える。

そして、三、四秒して、船長はぐすっと笑った。屈託のない彼女の笑い声が、川奈の気持ちをいくらか和《やわ》らげた。

「以前より元気になってほしいなどと、欲張りは言わないが、せめて美しい女性を愛《め》でるくらいの力を維持してくれれば、ぼくはこれほど悩まなかった、と思うんだけれど」

「川奈さんは、とってもおもしろい方。ううん、純情、純真なんですね、還暦をすぎていらっしゃるのに」

「六十数年の半生を思い出しても、これほど悲嘆《ひたん》に暮れたことはない」

「房総にいらっしゃる前、なにかあったんですね」

昔なじみの女性を呼び出して、ホテルに誘ったのだが、役立たずだった、と、勇気を奮い起こして説明しようと思ったが、口が貝になった。

どこまでも青く澄みわたる空、濃い緑に見える海のど真ん中で、今、自分は、この女性になにを訴えればいいのかよくわからない。が、この女性だったら、男の悩みをわかりやすく解きほぐしてくれるかもしれないという、一縷《いちる》の望みが頭の隅をよぎったことは間違いない。

この女性の言葉を信じるなら、二人を見おろしている天空には、幾人もの海の神が物珍しげに眺めていそうなのだから。

川奈は呼吸を整えた。

「男の衰えを感じたのは、そう、半月ほど前だった」

「浮気をしようとしたのに、勇気が出てこなかった、とか?」

「そうじゃない。嫁とゴルフに出かけたときのことだった」

ラウンドを終えてのんびり風呂に浸かったとき、自分の股間に白い毛が混じっていることに気づいて、びっくり仰天したことを、川奈は包み隠さず白状した。わりと素直な気持ちで男の苦悩をさらりと吐露できたのは、少し油臭い漁船の操舵室という、まるで色気のないシチュエーションだったこともある。波間に漂う漁船の揺れに身を任せたまま、女船長は腕を撫して、時に真剣に、時に笑みをもらして聞き入った。

一部始終を話し終えて川奈は、わずかに赤面した。いい歳をして、なんとまあ恥知らずの男だったことよ、と。

数分おいて、

「わたしが拝見しましょうか」

女船長は事もなげに言い放った。

「えっ、拝見？」

思わず川奈は聞きかえした。

「はい。奥様にも、それから以前からのお馴染みの女性にも、お話ししにくかったのでしょう。わたしたちは昨日、初めて顔を合わせた関係ですし、それに、昔から申しましたでしょう、旅の恥は掻き捨て、と」

たんたんと説明されて、返す言葉もない。

しかし患部を開陳《かいちん》するとなると、とりあえずは、ズボンとトランクスを脱がなければならない。

「ここで?」

念のため、川奈は念押しした。

女船長の顔が前方、後方、そして左右に振れた。

操舵室は密室とは言いがたい。はるか遠くで漁をしているらしい漁船から、双眼鏡でこっそり覗き見されたら、ほぼ素通しの危ない環境にある。

「そこにある椅子にお座りになったら、外からは見えにくくなります。それに、わたしだって一人ぼっちのとき、パンツも下着も脱いで、わたし自身の世界に身をおいて、女の悦びに浸っていたんです」

その行為も、海の神様のお告げ……? 聞きたくなったが、口を閉じた。

今となってはお互いが、己自身の極秘事項を白状し合ったのだから、詳細を正すこともない。

そして川奈は改めて、四方八方に目をやった。はるか彼方の海面に、ふたつ、みっつの船影が見えるが、『はま丸』の動きに注視している様子はない。

川奈は己の股間に神経を集中した。とんでもないことになってしまった、と。

が、やっぱりいけない。

慣れない船に乗っているという緊張感も手伝ってか、男の肉はほぼ陥没状態で、美人女将の目の前にさらすのは、とても無理な代物と判断する情けなさである。

「実際の行動に移すのは、なかなか勇気を必要とするものですね」

川奈の言い訳は、実にまどろっこしい。

「知見者《ちけんしゃ》がわたしでは、ご不満のようですね」

船長の問いが、厳しくなった。

いや、そうじゃない。この女性の前だったら、ほんのわずかであるが、下半身をさらす勇気があってもいいじゃないか。そんな痴戯に耽《ふけ》ることによって、もしかしたら、男の能力が回復するかもしれないという、はかない願望も手伝った。

「男の肉はいまだにこじんまりとしているけれど、我慢してもらえますかな」

舵から手を離した女船長は、必死に笑いをこらえて、川奈の前に膝を付いた。

「わたしが拝見させていただくのは、川奈さんの男性の部分ではなく、白いへアです。何本生えているのか確認するだけですよ。こじんまりしているほうが、点検しやすいのではないでしょうか」

気楽なジョークをまじえて、あっけらかんと答えられたが、彼女の語尾にかすかな震えが奔った。

しょうがない。いつまでもいじけているのは、みっともない。どれほど力んでみたところで、男の肉に変化は出てこないようだから。

腰を屈めて川奈は、ズボンのベルトをほどいた。

女船長の顔をちらっと見た。唇を噛みしめ、目尻を吊り上げているような気配である。しかもときおり、大きく深呼吸をして。

この恥ずかしさは、性病科の医者の前でズボンを脱ぐときと同じかもしれない。それでも川奈は、やっとの思いでズボンを脱いだ。グレーのトランクスに異変はない。すなわち、フロントは平坦なのだ。

トランクスも、だね。川奈の声は海面から吹きあがってきた冷たい海風に、掻き消されていった。

（そんなにまじまじと見ないでくださいな）

すっかり弱気になりながらも、川奈は椅子に座って、最後の一枚を脱いだ。海の風がヒヤッと、股間を吹き流していく。さあ、どうでも好きにしてくださいな！　腹をくくって川奈は股間をさらして、腕を組んだ。

女船長の両膝が、前にずった。じっと見すえてくる。それでなくともいじらしいほどしょげ返っている男の肉が、さらに小さく萎縮する。

「生えているでしょう、白い奴が、何本か」

川奈は居直った。男にとっては羞恥《しゅうち》の極限である。が、せめてこの女性も、下半身をさらしてくれたら、これほどいじけまいと負け惜しみをのぼやきを、腹の中でつぶやいた。

彼女の声は返ってこない。が、首筋にほやほやと萌える後れ毛をすき上げながら、不審そうに小首を傾げたのだ。その様子から察すると、白い毛の本数は、自分の目で確かめたときよりずっと多いのかもしれない。

川奈はある種の恐怖を感じた。いよいよ、おれの男の人生は終焉《しゅうえん》なのか、と。

「皮をかむっていますよ」

女船長の声が恐ろしく低く聞こえた。

「皮？」

「そうです。全部です。あなたは包茎《ほうけい》でしたか」

ぎょっとして川奈は、己の股間に目を向けた。

うーん、これはまずい。すっかり被っているではないか。冗談じゃない。包茎などとは無縁だった。ひょっとすると、己の肉体は幼児返りをしていたのか。なにしろ定年退職後、己の男の肉は排尿のときだけ使用する器官となっていたから、注意の目が向いていなかった。

由々《ゆゆ》しき問題である。麗《うるわ》しい女性に、皮かむりは毛嫌いされる。

思い出してみるとずいぶん以前、フィリピン女性から聞いたことがあった。フィリピン人の男児は九歳か十歳の誕生日を迎えると割礼《かつれい》の儀が行なわれ、すなわち男の肉の皮をカットするそうだ。不思議なことに、彼らの体型は急激に変化する。背丈は伸び、体重は増加する。

割礼は、子供から大人になっていくための大事なオペレーションであると、フィリピン人は信じているらしい。だから三千ペソほど、日本円に換算すると七千円前後の出費も、親たちの責任なのだ。

躯の変化はそれだけではないらしい。声変わりがして、脇の下、胸毛、脛毛《すねげ》、さらに陰毛などのどれかが多毛化するという。その原理で推測すると、包皮になった結果、陰毛の発育が遅れ、白い毛が混じってくるのも仕方がないのか。男の肉を覆う皮の威力は、恐ろしい。

ちょっと待ってください。短く言って彼女は操舵室の片隅に歩いて、飲み水を入れたボトルと、一枚の手ぬぐいを持ってきた。そしてさらに二人の空間を埋めて、川奈の前にしゃがんだ。

あっ、これっ、なにをするんだ。待ちなさい。約束が違うじゃないか！　川奈は叫びかけた。

あわてふためいた川奈の様子などそっちのけで、女船長はちんまりと縮こまった男の肉の先端を、ほっそりとした右手の指先で、ひょいと持ちあげた。彼女の顔がさらに接近して、注意の目を向ける。

ばかなことはよしなさい。川奈は腰を引きたくなった。

しかし少なくとも、今朝、起きぬけに風呂に入っておいてよかったと川奈は、この火急《かきゅう》の場において、ほんのわずかな救いのあったことを安堵した。その後、使用していなかったから、悪臭は放っていまい。

彼女の指先は器用に動いた。まるで元気のない肉筒を左手で挟んで、右手の指は完全包囲した皮を、少しずつ剥いていくのだ。ひりっと感じるかすかな痛みと羞恥が、川奈の動悸《どうき》を速くする。

「ほら、よーく見てください。白っぽい垢《あか》がこんなに付着しています」

彼女の声が脳天に響きわたった。

男にとって、しかも、還暦をとっくにすぎた初老おじさんにとって、これほどの恥辱はない。

しかし現実は厳しかった。おそるおそる覗いた己の肉は、皮の剥かれた部分が赤く染まっているし、かなり不潔そうな恥垢《ちこう》が、こびり付いていたのである。

急いでトランクスを穿きたくなった。

美人女将の前で、なんたる醜態か！

「しばらく、大人しくしてください」

半分は優しく、半分はおっかない声を口にした女船長は、男の肉から手を離し、ボトルの水で手ぬぐいを濡らした。いったい、なにをするつもりなんだ？　不安と恐れが入り混じった。少なくとも今の自分は、無抵抗状態に置かれている。そんな無体《むたい》なことはやめてくれと、海に飛びこむこともできないし。

「汚いところは、きれいにしたほうが気持ちがよろしいでしょう」

彼女は平然と言い、再度、左手の指で男の肉を拾い、右手に持った濡れ手ぬぐいを、そっと筒先にあてがってきたのだった。

不安とか恐怖が、一気に和んだ。

若いころ何度か通ったソープランドの、馴染みの泡嬢だって、これほど親切、丁重なサービスはしてくれなかった。

「すみませんね、余計《よけい》なことをさせてしまって」

まるで締まりのない言葉を口にして、川奈は頭を掻いた。

「余計なことではありません。こんなふうに皮をかぶっていたら、不潔でしょう。それに刺激を遮断してしまいます」

「遮断？」

「そうです。わたしは女ですからよくわかりませんが、厚い皮をかぶっていたら、なにも感じなくて、気持ちがいいとか、もっと刺激がほしいとか、そんな欲望が湧いてこないんじゃありませんか」

「うん、確かに」

「ねえ……」

筒先を手ぬぐいでぬぐいながら、彼女は視線を上げた。

少し潤んでいる。

「なにか？」

「女でも同じなんです。川奈さんだって、ご存知でしょう。クリ……、ですから、クリトリスのこと。昂奮してくると、表皮が剥けてくるんです。小さなお肉の芽が顔を出してきて、なにかにこすられると、お股の奥がぴくんと弾んで、ねっ、その気持ちが高まっていくと、奥のほうから温かいおつゆが滲んでくるんですよ」

手ぬぐいを持つ彼女の手に、慈《いつく》しみの情を感じた。

確かに！　妻の絹江は言うものがな、現役のころ関係のあった女性たちは、大きく太腿を開き、女の扉の突端に芽吹く肉片を剥き出しにし、そこにキスをしてくださいと、ねだってきたものだった。

舌を使うごとに、彼女たちの肉片は薄い皮を剥いていき、その内側から米粒大の肉の芽が飛び出してきた。中には真珠の如き美しい輝きを放つ芽もあった。そのときになって彼女たちは、腰を弾ませ、絶叫し、早くきてくださいとせがんできた。その時代が懐かしい。

「しかしこんな情けない男の肉では、貴子さんの女の芽も眠ったままで、顔を覗かせてくれないだろうな」

彼女の手から、濡れた手ぬぐいがぽとりと床に落ちた。

恥垢が消えた筒先が、つやりと光っているのだった。

顔を寄せ、女船長はじっと見つめてくる。

「ほんの少しですけれど、わたしの指に、川奈さんの脈が伝わってきました。ぴくぴくと」

「えっ、ぼくの肉から」

「はい。ねっ、わたしの指で、すっかりきれいになった薄い皮膚を撫でてあげると、ああん、根元のほうから、温かくなってくるんですよ。あなたの熱い血が、少しずつ流れはじめたのかもしれません。だって、ほら、ご覧なさい。ついさっきまでは濁ったダークグレーだったのに、少し赤みが注《さ》してきましたでしょう」

言われて川奈は、己が肉の神経を集中した。かすかな脈動が、股の奥でうごめいているような。

「ひょっとすると何年ぶりかで、男の力が活動し始めたとか？」

「わかりません。でも、もう少し、ああーっ、わたしが心をこめてお手伝いをしたら、大きくなっていくのかしら」

ふたたび心臓の鼓動が激しく胸を叩いた。

男の昂ぶりの初動である。

ええっ！　たまげて川奈は、彼女の指の動きを見守った。膝立ちになるなり、ジーパンのファスナーを引きおろし始めたのだ。女将さんも脱ぐんですか？彼女を呼ぶ声が、そのときどきによって、変化する。女将さんだったり、船長だったり、貴子さんになったり、と。それだけ自分の心の動揺、昂ぶりが抑えられなくなっている。

「このくらいのことしか、お手伝いできません。ううん、違います。わたしの躯も、あなたと同じように、あーっ、うずうず、むずむずし始めました。わたしのそこが、今、どんなことになっているのか、ねっ、あなたの手で確かめてくださいますか」

ファスナーが完全に引き下げられた。

前の割れたその隙間から、漆黒の薄布がはみ出てきたのだ。

（おれになにをしろと言うのだ？）

川奈は腰を引きかけた。が、無様なことに下半身は剥き出しで、立ちあがることもできない。

膝立ちになったまま女船長は、その両膝を前にずらした。

「わたしは、はしたない女でしょう。でも、さわってほしいのです。今、わたしのそこが、どんなことになっているのか、あなたの手で確かめてくださいませ」

「ということは、その、黒いパンツの内側に手を差しこめ、と？」

「おいやですか。昨日の夜、お会いしたばかりの女ですから、汚《けが》らわしく思っていらっしゃるのでしょうか」

いいや、とんでもない！　手を入れるだけでは物足りないから、舌を使ってくれと所望されるのであれば、悦《よろこ》んで。仰向けになって床に寝るから、貴子さんは随意に跨《また》がってきてくれれば、それでよし。

自分の頭がそこまで積極的になっていることに、川奈は自分のことながら驚いた。

（おれの躯のどこかに、まだこれほど激しい欲望の残滓《ざんし》がひそんでいたのか）

と、大満足して。

それに、女性に対する味覚や触覚が働くと、男の肉が活発に躍動するかもしれない。

かなりみっともない姿だが、川奈は椅子から立ちあがって、彼女の真横に膝を付いた。

「手を入れますよ、遠慮なく」

女船長の耳元に口を寄せ、川奈はささやいた。そして左手で彼女のウエストを抱きしめた。厚手のジャンパーは邪魔になるが、しなりの強い船長の背筋が、ぐぐっと反った。その上、いきなり野球帽をかなぐり捨て、長い髪をばらした頭を、川奈の胸板に預けてきたのだった。

あなたの好きにしてくださいという女の、甘いボディランゲージである。

(ここまできたら、どうなってもおれは知らん!)

度胸を決めて川奈は、漆黒の布の内側に、右手を差しこんだ。

「あーっ、川奈さん」

甲高い喘ぎ声を発した彼女の手が、どこからともなく伸びてきた。まさに的確! やや力が漲ってきたような男の肉を、むんずと握ったのだ。ほぼ同時に、川奈の手は、もやもやと茂っている黒い毛を選り分け、その下側にのめり込んでいった。

ややっ! はっきりとした構造はわからない。が、差しこんだ指先は、ぬらりとぬめる肉襞の狭間に埋没していったのだ。おつゆじゃない。生ぬるい粘液まみれ。

「あっ、あっ、ねっ、あーっ、ひどいことになっているでしょう。今日は海の神様ではなくて、東京からいらっしゃった素敵な男性の魅力に、わたしの躯はこんなに焚《た》きつけられたんです」

男の肉を握る彼女の指に、無闇な力が加わった。

川奈は確かに感じた。彼女の指の力を跳ねかえそうとする躍動が、男の肉を膨張させていくような。

「貴子さんはすばらしい女性だ。半分以上死んでいたぼくの躯を、いくらかでも、よみがえらせてくれたようだから」

「ねっ、宿に帰りましょう。お船の中なんて、いや」

それはあわただしく女船長は、ジーパンのファスナーを引きあげるなり、舵を握った。エンジンが轟音《ごうおん》を響かせた。船が横倒しになるほど舵を切った『はま丸』は、港に向かって白波を蹴立てたのだった

第三章　宿屋の女将と童貞青年

一人の客もいない濱野屋の玄関口を、人目をはばかるようにして、こっそり忍びこむなり、川奈誠二はかなりあわただしい様子の女将の手に、強く引かれた。近隣の人たちの目には、できるだけふれたくないのか。

女将の心情も、なんとなくわかる。

しかしおれは客なんだ。もちろん宿賃はきっちり払う。そんなに隠し立てすることはないだろう、と思いながらも、ついさっきまでの船上の突発的椿事《ちんじ》を考えると、女将の心中のどこかに、ある種のやましさが隠れているのかもしれない。

が、川奈にとっては、まさに為すすべもなし。信州の地で長く語り継がれてきた、牛に引かれて善光寺《ぜんこうじ》参りの如きで、絶対離しません、こちらに来てくださいと、無言で訴えてくる女将の手に、抗する術《すべ》もない。

いや半面では、自分にとっては男冥利に尽きる一時《いっとき》ではないか、などと自惚《うぬぼ》れながら、も。

引きずられるようにして入った部屋は、十数畳もありそうな広さだった。一見して女将の私室。

淡いモスグリーンのカーテンが吊《つ》るされているのは、海岸に面する大きな窓である。

部屋の壁際にはセミダブルのベッドが備えられ、そのかたわらには、高さ二メートルもありそうな姿見が、どーんと立てられていた。その他の調度品も、宿の女将らしいたたずまいで、しっとりとした落ちつき感を漂わせ、部屋の空気を心地よく温めている。

「お風呂に入ってください。海風はまだ冷たかったでしょう。躯が冷えてはお風邪《かぜ》のもとです」

野球帽を脱いで女将は、ついさっきまでの逃げ腰の様子などどこかに忘れてきたのか、なんのてらいもなく言った。

『はま丸』の船上では、想像もしていなかった特上のもてなしに与《あずか》ったのだが、おれはまだ濱野屋の客人で、女将さんの個室に招かれた上に、風呂を勧められるほど懇意ではなかったはずだ。

頭の中では、はるか歳上の常識を備えたおじさん的解釈をしているつもりでも、一点の迷いもなく振る舞う女将の姿に、ぼーっと見とれ、川奈の口から断りのひと言も出てこない。

しかも男の急所、それも非常にだらしのない形を見られた羞恥が、川奈の受け答えを、恐ろしくもどかしくしているのだ。

「どこの風呂に……？」

還暦をとっくにすぎた初老のおじさんにしては、実に色気のない問いかけをしていた。そもそも二階の客室にも、立派な風呂場があったのだ。

ジャンパーを脱いだ女将は、さりげないしぐさで姿身の前に立った。

へーっ、こんなに立派な胸をしていたのか。川奈の視線は引きよせられた。タートルネックの白いセーターの胸元の、ふっくらとした盛りあがりは、重みさえ感じるほどのボリュームを蓄えていた。

「わたし、今、急に思い出しました」

野球帽に隠れていた長い髪を肩のまわりに流し、指先ですき上げながら、女将は鏡越しに川奈の姿を追った。

「昔の恋人のこと、とか？」

ベッドの横に立って、川奈は問いかえした。

「いいえ、恋人ではなく、かわいらしい坊やのこと。今から、そう、十二年も前のことだったわ。そのときわたしは、二十四でした」

川奈の頭は素早く暗算した。すると女将の現在の歳は三十六。女性にとっては実り多き年齢である。

「かわいらしい坊やとは、聞き捨てなりませんな」

川奈の声は急に、興味本位に奔る猫撫でになった。十年以上も経っているのに、美人女将にとっては、忘れることのできないエピソードらしいから。

「彼は大学の後輩で、十九歳の誕生日を迎えたとき、いきなりわたしを訪ねてきて、あの、ぼくの童貞をもらってくださいって、ちょっと涙ぐんで言ってきたんです」

「ええっ、童貞を！　今どき、それは珍しい」

「わたしのことをどこで知ったのか、わかりませんでした。でもね、彼は大真《ま》面目《じめ》に言いました。先輩はぼくの憧れの女性です。童貞を卒業するときは、どうしても先輩にお願いしたいと、ずっと想いつづけていたんです、って」

ひと昔も前のことを、なぜ急に思い出したのか、判然としない。が、姿見に向かって語る女将の頬に、ほんのりとした女の朱が浮いたことを、川奈は見のがさなかった。

若い身空《みそら》の女の子が、わたしのヴァージンを奪ってくださいと、信頼とか尊敬とか、青い愛情をいだく男に訴えるエピソードは何度か耳にしたことがあったが、真逆の話は聞いたことがない。

「ぼくの十九歳だったころのことは、ほとんど忘れてしまったけれど、その青年の目的というのか願望を、女将さんはきっちり受けいれてあげた？」

「それがね、三日もかかったんですよ」

短く答えた女将さんは、唇に指先をあてがい、うつむき加減になって、くくっと喉に詰まったような声をもらした。

聞きようによっては、思い出し笑い。

「三日も!」

反射的に川奈は問いかえした。ということは、その三日間、どこかの温泉宿かホテルで合宿したとか?

付け加えて川奈は、その青年の幸運をややねたんだ。二十四歳のころの女将の姿は、うまく目の底に浮かんでこない。が、若さを発散させる溌剌《はつらつ》とした女性の魅力がきっと、その青年のメンタル、フィジカルを虜《とりこ》にしたのだろう。

「三日といっても、どこかに泊まってということじゃないんですよ。一日が終わると彼は自宅に戻って、数日するとまたわたしの部屋に来て……」

「だとすると、一日では童貞をいただくに至らなかったということ?」

「そうなの。彼はとても真面目で几帳面《きちょうめん》な男の子で、十九歳になるまで恋人を作らなかったみたい。もちろん、そうした男の子の生理を、幾らかのお金で処理してくれる施設も利用しなかったらしいの。ということより、一人前の男性に生まれかわってから、恋人を作ろうと考えていたようなんです」

「それは律儀《りちぎ》な青年だ。女将さんによほどの憧れか、恋心をいだいていたんでしょうね」

「彼はわたしの前に来ると、少し震えて、声がかすれて、抱いてくださいとか、キスをしてもいいですか、なんて、ほんとうにかわいかったんですよ。わたし、その後輩のために、当時、お付き合いをしていたボーイフレンドと別れました。だって、二股をかけるなんて、童貞くんがかわいそうでしょう。彼の気持ちを察してあげると、遊びのつもりとか、片手間でお相手はできません。彼はほんとうに真剣でしたから」

思いやり深い女将は、真面目青年の童貞を、それではありがたくいただきましょうと、真摯《しんし》に取り組んだのだろう。

「童貞喪失に三日もかかった原因は？」

「それがね、なかなか勃たなかったんです」

話が長くなります。座りましょう……。誘って女将はベッドの端に腰を据え、川奈を手で招いた。

なんだかおもしろそうな、気の毒そうな、その童貞青年が。しかし勃たなかったというひと言が、今の自分にも通じるではないかと、川奈は謙虚な気分になって、女将の横に座った。

瞬間、芳《かんば》しい香りがふわりと立ちのぼってきたのだった。

ベッドに掛けられている毛布の隙間から。

毎夜、女将はどのような寝姿で、このベッドに入っているのか、もちろん知る由もない。が、その甘やかな匂いが、女将の地肌から滲み出ていることは間違いない。

パヒュームやコロンなどの、人工的な香りではなかったから。

「十九歳の若者でも勃たなかったのは、どこかに身体的欠陥があったのかな」

川奈はすっと呆けて聞いた。

男の生理は意外なほどセンシティブな面もあって、肝心なとき役立たずになることは、往々にしてある。かく言う自分も結婚前、妻の絹江に猛然とアタックしたとき、やっとのことでホテルに連れこんだチャンスに、なかなか勃たなかった。

だから童貞青年の体調は、それなりに理解できるのだ。

「ものすごく緊張していたんでしょうね。その当時、わたし、東京のアパートで一人住まいをしていたんです。介護士のお仕事をしていましたから。ホテルに行くよりわたしの部屋のほうがゆっくりできると思って、誘ってあげました。そう、そのときも、ベッドの端に仲よく並んで座ったわ。今と同じように」

「青年は悦び勇んだに違いない。念願が叶ったのだから」

「彼はずいぶん立派な体格をしていて、ズボンがぱつんぱつんになるほど、太腿も張っていました。それでね、わたし、そっと撫でてあげたんです」

言いながら女将は、手を伸ばし、そのときを思い出しているかのように、川奈の太腿を、下から上に、上から下に何度も往復させるのだ。つーんとする心地よさが、股間の奥底に向かって突っ走ったのだが、男の肉は逆に、ますます萎縮していくような。

まるで力が漲ってこない。

「刺激に慣れていなかったのかな」

青年の緊張感を想像してやりながらも、おれの躯はいったいどうしてしまったのだと、川奈はかなり焦った。

『はま丸』の船上からずっと、自分の気分は激しく揺さぶられているのに、肝心の肉はまるで反応しない。十九歳の青年のだらしなさを、嗤《わら》っているときではなかった。

身と心がそっぽを向きあって、協調してくれないのだ。

「彼に言いました。恥ずかしがらないでズボンを脱ぎなさい、って。だってわたしに童貞をあげたいというのに、ズボンやパンツを穿いていたら、事が前に進みませんもの」

「それは、そのとおり。で、彼は脱いだの」

「ずいぶん時間がかかりました。それが、とってもかわいらしかったんですよ」

「なにが？」

「ですから、彼の男性の象徴……。小さくて、それから皮をかぶっていました」

うんっ！　女将のひと言を耳にして、反射的に川奈は彼女の横顔を睨んだ。

さてはおれの皮かぶりを見て、十余年も前の、童貞青年との交わりを思い出したに違いない。

が、声を大にして当たり散らすことはできない。事実なのだから。

「正しい形にしてやった、とか？」

「はい。一時間以上もかかって、やっと彼はズボンとパンツを脱いだのです。腰を引いて、それは恥ずかしそうに。それに、少し痛そうでした。乱暴なことはしなかったんですよ」

「それはしょうがない。ぼくだって、真夏の海だったら、飛びこみたいほどの醜態をさらしてしまったのだから」

「一日目はずいぶん時間をかけて、あの、皮を剥いてあげました」

「大きくなった？」

「はい、ほんの少し。でも、それだけじゃなかったんですよ。包茎くんでも、刺激を受けたのかしら。わたしは彼の前に膝を付いて治療していたんです。そうしたら、ああん、いやだわ、それがね、突然、びゅびゅっとわたしの顔を目がけて白い礫《つぶて》を飛ばしてきたんです。驚くほど、いっぱい」

ふーむ。弱冠、十九歳の若者である。

これほど魅力的な女性に局部をいじられたら、たまらない。

「顔に吹きかかってきた？」

「よけるのが精いっぱいでした。でも、わたしのブラウスの胸元に、生白い練《れん》乳《にゅう》を撒き散らしたような惨状でした。若い男性の体液は、匂いも濃いんですよ」

だが、同じような状況に巡りあわせた場合、自分の男の肉の先端から、匂いの濃い練乳が果たしてほとばしるだろうか。

今のところ、まるで自信がない。

「では、二回目も童貞喪失に至らなかった？」

「でも、一回目の経験で、彼はずいぶん成長したようです。一回目から一週間ほどしてから、だったでしょうか。二人は裸になって、ベッドで抱き合うことができたのです」

「ええっ、それじゃ女将さんも全裸に？」

「若い男性のお肌はつやつや、すべすべして、とっても気持ちよかったと覚えています。長いキスをして、彼の、あの、男性を柔らかく揉んであげたら、びくびくと、大きくなってきました。皮もきれいに剥けて」

「青年は青年なりに努力したのかもしれない。もしかしたら、自慰に耽《ふけ》って。そう、女将さんのことを思い出しながら、ね」

「はい、彼はそう言っていました。自分の手でやることは、童貞喪失じゃないでしょう。先輩の指とか、唇を思い出しながら、次は失敗しないようにと、毎日、自習してきました、と。言い方がおかしいでしょう。でも、彼は純粋なんですね、もっとかわいらしくなってきました」

で、努力の成果は？

姿かたちはなにも知らない青年が、裸になって女将にしがみ付いていっただろうことは、おおよそ想像できるのだが、目の前にいる女将が、どのような体位で青年を受けいれたのか、まるで描かれてこない。

「で、無事、挿入……、という結果に？」

十二年も前の出来事なのに、非常に悔しい。

その青年の肉は、それなりに膨張して、女将がびっくりするほど男の体液を放出したのだろう。しかし今の自分では、到底無理な能力ではないか、と。

太腿の稜線《りょうせん》を撫でていた女将の手が急に、じわじわと胸元に這いあがってきた。

肩口に頬を寄せながら、である。

生温かい息づかいが、頬を包んでくる。

「彼はわたしの上にかぶさってきました。キスをさせてください、って、震える声で言いながら」

「想いを遂げたかったんでしょうね」

「わたし、そのときはっきり感じました。わたしのお腹に、いえ、もう少し下に、とっても熱くて太くて固いお肉が当たってきたことを。それにぬるぬるしていました、生温かくて」

「挿入に耐える状態になっていた？」

「はい。彼の舌を優しく吸ってあげながら、わたし、太腿を開いて、固くなったお肉を、奥の奥まで迎えてあげようとしたんです」

あーあっ、聞いちゃいられない。

女将はなにゆえ、そのような生々しい交わりの詳細を伝えてくるのか、川奈はいささか腹立たしくなった。

聞いているだけでは不公平である！

そう思ったとき、川奈の右手はかなり唐突に伸びた。重そうなほどの膨らみを描く乳房をとらまえてやる、と。

あっ！　小声を発した女将の上体が、ゆさりと胸板に圧《の》し掛かってきたのだった。白いセーターの網目を素通しにして、ベッドの毛布から立ちのぼってきたのと同じ甘い香りが、ふわりと鼻腔に流れこんできた。

どこかに何者かの視線があるかもしれないという、船上の危なっかしさから開放されているせいか、川奈の行動にもほんのわずかだが、ゆとりがあった。

「女将さんの話を聞いているだけで、躯が熱くなってきた。歳寄りを、そんなに昂奮させないでくれませんかね。血圧値が危なっかしくなってくるようで」

「あん、川奈さんも、少しはエキサイトしてきたんですか」

「うん、女将さんの乳房を直《じか》に抱いているような感じにもなって」

「大きいほうでしょう」

「重そうなほど」

「ねっ、セーターを脱ぎましょうか。そのほうが、昔のお話にも熱がこもってきます。だって、わたしにとっては、とても大事な人生のメモリーだったんですからね」

言葉の終わらないうちだった。女将の手がせっかちに動いた。川奈の胸板に倒れていた上体をやや立ち上げ、トックリセーターの裾を指でつかんで、するするっと巻き上げたのだ。

川奈の視線が無遠慮になった。

細かな花模様を薄桃色で染めた淡いベージュのブラジャーが、ふんわりと浮きあがってきて、だ。肉の谷間を深くえぐる左右の肉の盛りあがりは、とても柔らかそうで、今にも溢《あふ》れ出そうなほど豊かに実っていたのである。

ブラジャーのサイズが小さいからではなさそうだ。

この数時間の戯れが、女将の乳房を膨張させたに違いない。

「ひとつだけ聞いてもいいですか」

ブラジャーに支えられた乳房の下側に指先をあてがいながら、急に荒くなった呼吸を整え、川奈は声をかけた。

「あん、なにを?」

女将の顔がふたたび胸板に埋もれた。

「そのとき、すなわち、十二年前のそのとき、童貞青年は女将さんの、この豊《ほう》饒《じょう》とした乳房の谷間に顔を埋めた、とか」

川奈の胸板に添えられていた女将さんの手が、急上昇した。唇を撫でてくる。そろそろと。壊れ物にふれるような指の動きだ。

「彼はずいぶん学習したんでしょうね。顔を埋めるだけじゃなくて、あのね、乳首を吸ってきたんです。でも、慣れていなかったでしょう。痛いほど吸われて、わたし、悲鳴をあげそうになりました」

「乳首を吸う力加減は、むずかしいからね。そう、女性の肉体には二カ所のセンシティブ・ポイントがあって、気持ちよくなるか、それとも痛くなるかは、男の技術次第じゃないのかな」

そんなこともあったなと、川奈は現役時代を思い出した。上下に分離されているポイントを、交互に味比べしたこともあった。

「まあ、二カ所って、どことどこですか」

わかりきっているくせに、女将は意地悪そうに問うてきた。このあたりの会話術はなかなかのつわものである。

「女将さんはどっちが感じる？」

「ああん、わたしはお宿と船長のお仕事が忙しくて、誰も相手にしてくれないでしょう。もう忘れました」

女将のしぐさに、女の甘え、科《しな》が混じった。

これほど愛らしい女性を、力いっぱい抱きしめたい。川奈の男の力が本能的に働いた。有無を言わせない。胸板に埋もれていた彼女の背中とウエストに両手をまわし、ひしっと引きよせた。

こんな馬力がまだ残っていたのか。川奈は感動した。

ああーっ、素敵！　もっと強く……。甲高い喘ぎ声を発した女将の両手が、無我夢中といったしぐさで、首筋に巻きついてきたのだった。顔を上げてくる、瞼をひしっと閉じて、だ。今の感情を素直に表わしてくるのか、女将の眉間に小皺が刻まれた。

「女将さん、いや貴子さん、きれいだよ。それに色っぽい。あなたの躯をこなごなにしてしまいたいほど」

口から自然と出てくる言葉をつむぎながら、川奈は女将の全身を、ベッドに組み伏せた。しっかり閉じられていた瞼が、糊《のり》を剥がすように開いてくる。その眼《まなこ》を、濡れるような薄桃色に染めて、だ。

「こんなことを言っても、嗤ったり、怒らないでくださいね」

恥じらいをこめた女将のひと言が、川奈の情感をさらに焚きつけた。

「これ以上、乱暴なことはやめてください。手を離してください、なんて言ったら、本気で怒るかもしれない」

「ああん、違います。あのね、優しい男性の躯の重さは、わたしの気持ちをどんどん昂ぶらせて、ねっ、もう、本気になってもよろしいでしょう」

ちょ、ちょっと待ってくれ。

勢いよく組み伏せたものの、いまだ股間は反応していない。船と同じような無様な恰好は、絶対、見せられないのだ。

「童貞青年に圧し掛かられたときも、女将さんは昂奮したとか？　しかもそのとき二人は全裸だったのだから」

時間稼ぎで川奈は、話を逆戻りさせた。

男の肉がちんまりでは、女将の昂ぶりに水を注す。

「そう、思い出しました」

「どんなことを？」

「彼はキスをしながら腰を使ってきたのです。頬を真っ赤にして、額に汗を滲ませて。でも、なかなか入ってこなかった」

「合体部分にずれがあったのかな」

「知らなかったのでしょう、女の躯がどんな形になっているのか。何度も突いてくるんですけれど、的がはずれて、なかなかつながらなかったのです」

「彼にとっても、女将さんにとっても、それは悲劇だ」

「それでね、わたし、彼に提案しました。そんなに力をこめなくても、女の躯には、スムースに受けいれる場所がありますから、ご覧なさい、って」

「ええっ！　ということは、太腿を大きく開いて、あなたの、大事な肉面《にくめん》を見せてやった、とか」

「仕方がないでしょう。彼はかわいそうなほど焦っていたんですもの。いくら突いても、入っていかないんですから。だってね、わたしのお股の付近は、あん、彼のお汁でべとべとになっていたんです」

それはやむを得ない。挿入できなくても、先漏れの粘液はじくりじくりと滲み出ていくものなのだ。

しかし、と、川奈は一瞬考えた。

女の肉扉周辺の構造は、非常に悩ましく、神秘的に映ることもある一方で、もじゃもじゃと大量のヘアに囲まれていたりすると、不潔っぽく見えたりして、つい目を伏せたくなることもある。下手をすると、食べず嫌いになることだってあるのだ。

ましてや相手は、童貞青年なのだから。

が、それにしても、恐ろしく初心《うぶ》な男だったらしい。十九歳にもなりながら、である。

女将のその部位が、どのような形状になっているのか、おれは知らない。だが、緊急事態に遭遇した童貞青年の目には果たして、どのように映ったのだろうか、興味が湧いてくる。

「性教育上、すべてを公開するのはひとつの方法かもしれないけれど、彼はどのように反応してきましたか」

「食い入るように、じーっと見つめてきました。息づかいを荒くして」

「それはそうだろう。ぼくだって、女将の躯の、それも極秘部分を目の前にしたら、きっと心臓は早鐘《はやがね》になるかもしれない」

「わたし、できるだけ冷静に、わかりやすく説明してあげたんですよ」

「なにを……？」

言葉を交わすうちに川奈は、己の脈拍数が急速に高まっていくことを感じた。思いなおしてみると、自分自身も五年近く、童貞のような環境で生活をしてきたのだから、神聖なる女の園の形状で、忘れている部分もある。

いや、これからの自分の人生には関係のない部位であるから、考えたくもなかったというのか。

数秒、息を詰めていた女将が、仕方なしという表情で、口を開いた。

「お肉が縦に切れているでしょう。そこが入り口ですから、狙いを定めて入っていらっしゃい、と」

「きっと彼の目は霞んでしまって、その造形を、正確にとらえることができなかった」

「いやだわ、そんなに複雑な形はしていません。だって、わたしは、あの、ヘアも薄いほうで、見やすいと思います。それでね、そう、しばらく見つめていた彼は、震える声で言いました」

「なんと？」

「濡れています。先輩はもしかしたら、おしっこをもらしたんですか、なんて」

なるほど。青年の証言が正しかったとすると、女将の肉体は欲情していたことになる。論ずるまでもなく、そのような緊張した場面に立ち至ったとき、失禁するはずもない。

「改めてぼくは、女将さんを尊敬しますね。なにも知らない青年に対して、あなたは愛情をいだいていたのだから。なんの感情もない男に圧し掛かられているだけでは、濡れるはずもない」

「愛情というのか、無知な弟を思いやっている姉の気持ちも、少しはあったのかしら。でも、濡れていたことは間違いなかったんです。あのね、彼に知られないよう、そっとさわってみましたから。そうしたら、じっとり湿っていたんですよ」

今は？　川奈は聞きたくなった。

まだ二人は衣服をまとっているものの、実りの多い女将の乳房は今にも、ブラジャーから溢れ出そうな危うさにあるのだ。

「一回目はなかなか勃たなかった青年の肉体が、それなりに勃起したようだから、成長したんでしょうね」

「ねえ、川奈さん」

呼吸を詰めたようなひと言が、女将の唇からもれた。

透明感のあるルージュを施した唇の端に、かすかな痙攣《けいれん》を奔らせて、だ。

「どうかしましたか」

「彼の話は、もうおしまいにしましょうよ。わたし、だんだん切なくなってきました。なんだかわたしは、なにも知らない未成年の男性に、ひどく悪いことをしてしまったようで」

しっかり開いていた女将の瞼が、重そうに閉じた。そして、わずかではあるが、腰を突き上げてきたのだ。いまだ変化を見せない男の肉を、下から揉みあげるようにして。

「もうちょっとだけ聞かせてくれませんか。その後、青年がどうなったのか。同じ男として興味があるんだ」

女将の瞼がゆっくり開いた。

「十二年も前のことですよ」

「それもそうだろうが、三日もかけて童貞を卒業させてやった結果は、やはり聞きたいな。彼は優等生だったのか、落第生だったのか、とか」

「だったら、ねっ、ブラジャーを取ってください。ううん、それだけじゃ、いや。あなたもお洋服を脱いで」

「ええっ、裸になれ、と？」

「全部じゃなくてもいいんです。あなたの温かみを直接感じたら、もっと詳しく思い出すかもしれないでしょう」

かわいらしい言い訳じゃないかと、思わず川奈は、女将の背中を抱いている両手に力をこめた。

が、十九歳の若々しい肉体と、六十四歳になった爺様《じいさま》の肌では、勝負になるまい。腹も少し出てきているのだから。それでも川奈は、せめて上半身だけでも裸になろうと、上体を立ち上げ、セーターと肌着を一緒にして頭から剥ぎとった。

どこか焦点が暈《ぼ》けていたような女将の眼差しが、一瞬にして、鋭くなった。じっと見すえてくる。

ちょっと気恥ずかしい。

学生時代は陸上競技に明け暮れ、それなりの体型を維持していたつもりだったが、如何《いかん》せん、還暦をすぎた肉体は、筋肉の衰えは無論のこと、肌の艶も失っているようで。

「ねっ、川奈さんはほんとうに、六十歳を超していらっしゃるんですか」

仰向けに寝ていた女将の顔が、ひょいと浮きあがってきたのだった。

「房総の地で、これほど魅力的な女将さんに巡りあえるんだったら、ジムに通って、緊急の筋トレでもやっておけばよかったと、今、密かに後悔しているところ」

「筋トレなんか必要ありません。ねっ、ちょっとだけ……、あーっ、ほんの少しさわってもいいでしょう。その分厚い胸に」

正しい返事もしないのに、女将の半身が、立ちあがった。

手を伸ばしてくる。乳首を狙ったように。最初はこわごわとした様子の指先だったのに、次第に力が加わってきて、指先を押しつけ、乳首にまわりを撫でまわしてくる。

「若者には勝てそうもないな」

川奈はいじけて言った。

「厚みがあるのね、あなたの胸は」

「張子《はりこ》の虎かもしれない」

「いいえ。あーっ、本物の男性の香りです。それなのに、五年近くも、ご自分の実力を放棄なさっていたなんて、もったいない」

「昔流で言うと、呑む、打つ、買うは、長年連れ添って、苦労をかけた奥さんの手前、自主返納したのかな。今までと同じようなことをしていると、火傷《やけど》を負うかもしれないと反省して、ね。その結果が、この体たらくということ」

「十二年前に出会ったかわいらしい坊やは、がんばったんですよ。あのね、二回目のとき、彼は、女性の入り口を目にして、挑戦してきました。自分の指で男性をつかんで、そうして、わたしが教えたお肉の裂け目に、懸命に挿しこんできたのです」

「うんっ、とすると、無事、童貞は喪失したとか?」

「いいえ。彼の凸《とつ》肉とわたしの凹《おう》肉が、やっとの思いで接触した瞬間、びゅっ!と、噴き出してしまったんです」

凸と凹とは、言いえて妙である。

「そうすると、貴子さんの膣《なか》に入る前に我慢できず、撒き散らしてしまった?」

「はい。彼は泣きました、ごめんなさい、ぼくは情けない男です。でも、先輩、もう一度チャンスをください。一週間後に、必ず来ますから、と」

「どんなことがあっても、敬愛する先輩に童貞を捧げたいという、童貞くんなりの執念があったのでしょうね」

「男性の心意気だと思います。健気《けなげ》と思いませんか。でも、十九歳の彼と、還暦をすぎた川奈さんは年齢的なハンディはあっても、同じ男性でしょう。だってあなたは、こんなにすばらしい躯をなさっているんです。彼と同じように、勝負をしてください。このままほんとうの高齢者になってしまうなんて、寂しいと思いませんか」

はるか歳下の、それも美人女将に発破《はっぱ》をかけられた。

おれも大いに反省して、寅さん的放浪の旅に出たのだ。このまま後期高齢者の仲間入りをしたら、まさに晩節を穢《けが》す、のたとえを地で行くことになる。

ああっ！　これ、やめなさい！　手で制したくなったが、女将の積極性のほうが勝《まさ》った。両手で川奈の脇腹を抱きしめるなり、その愛らしい唇を乳首にあてがってきたのだった。

乳首のまわりを舐めまわす。

強い刺激が全身に拡散していく。

つつっと吸われた。かなり強く。

「ぼくにもチャンスをくれるんだね」

川奈は女将の耳元にささやいた。

「あなたには、三日もあげられません」

至近距離で二人の視線がぶつかった。女将の瞳がきらりと光ったように見えたのは、川奈の錯覚ではない。その瞳に、なにかを期待する媚《こび》めいた微笑みが浮いたことを、川奈は見のがさなかった。

改めて断ることもあるまい。川奈は女将の背中に手をまわした。ブラジャーのホックを探る。

何年ぶりのことだろうか。悩ましい女性のブラジャーのホックをはずそうとすること、が。

なんの抵抗もなく、女将は身を任せてくる。

「川奈さん……」

女将の声がかすれた。

「童貞青年に負けてはいられないという、闘争心が湧いてきたみたいなんだ」

「あのね、今、気がつきました」

「なにを？」

「彼とお付き合いしていた三日間、わたし、自分を飾っていました。いい女に見せようとか、上手にリードしてあげようとか。だって、わたしはお姉さんだったでしょう。でも、今は、違うんです。素直な女になって、あなたに甘えたい、と」

「うれしいことを言ってくれるね」

「海の神様ではなくて、ふらりと東京からいらっしゃった素敵な男性にハグされて、それから、ねっ、無我夢中になって、女の悦びにのめり込んでいきたいんです。わたしの今の気持ち、わかってくださるでしょう」

ここまで素直に白状されては、手をこまねいているわけにはいかない。

女将の期待を裏切ってはならないのだ。これから数分後、自分の肉体がどう変化していくのか、羅針盤を失った船のような不安をぬぐうことはできないが、今はともかく突っ走るの一手のみ。

川奈の指は先を急いだ。

すっかり不慣れになった指を動かし、やっとの思いでブラジャーをはずし、そして、ジーパンのファスナーに伸ばした。ちょっと窮屈めのファスナーを引きおろす。

(すばらしい！)

川奈は感嘆した。仰向けに寝た女将の乳房が、赤く染まった乳首をつんと尖らせ、ゆらりと盛りあがったからだ。典型的な円錐型《えんすいけい》であるが、まるで形崩れしない。張りつめているのだ。

「わたしのおっぱい、わりときれいなほうでしょう」

乳房の下側を支えるようにして、女将はやや腰を浮かせた。ジーパンのファスナーを引きやすいように、か。

自分の衣服を、一枚ずつ剥がされていくことに、女将は女の刺激を鷲《わし》づかみにしているような。

（これはかわいらしい）

前の割れたジーパンの隙間から、ほんの少し恥じらいながら、ひょいと顔を覗かせてきたパンツの色柄が、だ。ブラジャーと同系である。

川奈の手はさらに急いだ。

女将の足元にまわって、やや窮屈めのジーパンを足首から引き抜いた。

「あーっ、わたしはとうとう裸にさせられたんですね」

かすれた声をもらした女将の両手が、ゆらりとたわむ乳房をあわてて覆った。が、川奈の目は、まばたきもせず、彼女の半裸に注がれた。

海原の陽光を浴びる手足の日焼けは致し方ない。が、衣服にカバーされている女体の大部分は、

（こんなに白くて美しくて、肌理《きめ》細やかな肌をしていたのか）

平凡な形容を用いると、実に均整の取れた体型なのだ。身の丈は百六十センチほどだろうが、脚が長い。健康的な筋肉をみっしりと埋めこんだような太腿の、ほどよい丸みが、川奈の視線を吸いよせる。

「荒くれ船長さんが、こんなに女らしい躯をしていたとは、驚きだ」

彼女を悦ばせる誉め言葉になったかどうかは、はっきりしない。

「女として認めてくださったんですね」

「正直なことを言うと、ついさっきから、躯のあちこちがうずうずし始めていた。少し熱をこもらせて、ね」

「うれしい。こんな躯をご覧になっただけでも？」

「十九歳の童貞青年が、あたふたした気持ちもわかりますよ。還暦をすぎたおじさんだって、さあ、これからどうしようかと、どぎまぎしているんだから」

「川奈さんて、かわいらしい。童貞くんより、もっと」

女将の両手が乳房を離れ、川奈に向かって伸びた。

早く抱いてくださいと、その指先は意思表示をしてくるのだ。

ちょっと待ちなさい。おれはまだズボンを穿いたままだった。力いっぱい抱きしめてあげたい気持ちが、ズボンのベルトをほどきにかかっていた。

女将の視線がにわかに険しくなった。

川奈のしぐさを食い入るように。

「ぼくは学生時代、陸上競技に熱中していたんですよ。五千メートル走が得意でね」

「まあっ！」

「その当時は、五千メートル走っても、それほど息を切らすこともなかったんだが、今は、女将さんの、いや貴子さんの、キラキラ輝いている素肌を見ているだけで、はあはあ、どきどき、だ。だらしないことこの上ない」

「ああん、今からそんなに呼吸を乱さないでください。だって、ねっ、もっともっとわたしを昂奮させてくださるんでしょう」

だが、川奈の神経は、己の股間に一点集中して、またしてもいらだった。躯のあちこちに疼《うず》きを感じて、少し熱っぽくなっていることは確かなのだが、肝心の男の肉に、躍動の兆しが表われてこない。

川奈は気張った。

おいっ、勃てっ！　と。

ああっ！　川奈は目を見張った。ズボンのベルトをほどくことも忘れて、だ。川奈の焦りを察してのことなのか、定かではないが、切れあがりの鋭いパンツのゴムに、女将の指先が掛かったからだ。

さらに、どきんとした。

ベッドに長く伸びていた彼女の両足が、腰を折って高々と迫りあがったのだ。淡いピンクのペディキュアを施したつま先を、ぴんと跳ね上げて。漁業で鍛えた肉体は、柔軟だ。両足を垂直に伸ばしたまま女将の手は、淡いベージュの薄布を、するするっと巻き上げた。

（おれはこの女性の、どこを見たらいいのだ？）

川奈は正直、迷った。

薄布が取り払われた恥丘を、やっと隠す程度の薄いヘアが、なんとなく痛々しく映ってくる一方、ほんのちょっと視線を横にすべらせると、高く掲げられた太腿の真後ろの伸びやかな肉づきが、眼前に迫ってくる。

いや、太腿だけじゃない。

太腿の付け根に挟まれ、むくりと盛りあがる秘肉の艶が、やや潤んでいるように見えて、川奈の昂ぶりに拍車をかける。

(若い女性の裸体は、これほど美しく、悩ましかったのか)

たった四、五年のインターバルは、女性美を愛でる男の好色感を完全に喪失させていたらしい。

「ぼくの頭は今、血迷ってきたみたいで……」

文法的にはむちゃくちゃだが、川奈のつぶやきは、川奈の心音《こころね》を正直に表わしていた。

「血迷ってきた男性は、なにをしてくださるのかしら」

「うん、それがね、ぼくの好色神経があっちこっちに飛び火して、どこから手をつけていいのか、迷いに迷っている状態というのか」

「それでは、ああん、最初に、ねっ、おズボンを脱いでください。ファスナーが途中で止まっています」

「ぼくはおじさん臭いトランクス派だけれど、我慢してくれるかね」

「おもしろい人、川奈さん、て。トランクスを穿いている男性は、おじさん臭いんですか」

ほんのわずか目尻に小皺を刻ませた女将の、どこか挑戦的なひと言が、川奈の指先の動きを速めた。

それほど時間のかからないうちに、トランクスもベッドの片隅に投げてしまうだろう、と。

催促されて川奈は、ベルトをほどくなりズボンを脱ぎとった。

「立派っ！」

女将の声が口の中でくぐもったように聞こえた。

ほぼ同時に、垂直に立ちあがっていた女将の両足が、ベッドに落ちた。

そして彼女の視線は、あらわになった太腿に狙いを定めてくる。

陸上競技で鍛えた下肢は、還暦をすぎたおじさんらしくもなく、隆々とした筋肉を蓄えていた。

体力に自信があっても、男の肉が虚弱では、ほぼ仰向けになった全裸の女性を見つめる視線が弱々しい。

「肝心なところはすっかり衰えてしまったけれど、足腰はまだまだ健在だと思うんだけれど」

無理やり股間を迫り出して川奈は、言い訳がましい言葉を吐いた。

「ほら、トランクスが小さく見えます。でも、かわいい、縞柄《しまがら》のパンツが」

誉められて川奈は己の股間に目をやった。

これで多少なりとも、トランクスのフロントが突きあがってくれていたら、委細構わず、すぱっと最後の一枚を脱いでしまうところだが、その盛りあがりようが、実に頼りない。

まだ脱がないでくれ、戦闘態勢が整っていないのだと、トランクスの内側からこそこそ訴えてきているようで。

「女将さんほど魅力的な女性が、あるまじきことか、全裸になってくれているというのに、もうひとつ気力が湧いてこなくて、実にもどかしいんだ。いや、気分は高まっているんだよ。ところが、肝心の肉体がまるで言うことを聞いてくれない」

外聞を捨てて川奈は、真実を伝えた。

「あん、そんなに焦らないでください。いいわ、ねっ、そのかわいらしいパンツも脱いでください」

「ええっ、トランクスも！」

改めて、あっさり要求されて川奈は、事態が最終段階に突入していることを自覚した。声が上ずっていく。

「わたしも裸でしょう。なにも着けていません、パンティの一枚も。ですから、ねっ、あなたもパンツを脱いでください」

「しかしね、まだ、元気じゃないんだ」

「二人ともほんとうの裸になったら、元気になっていく方法が見つかるかもしれないでしょう」

おおよそ三十も歳下の女性に、励まされている。

屈辱以外のなにものでもない。ましてや、閨の出来事の真っ最中に。

よしっ！　女将の言を借りるなら、旅の恥は掻き捨てである。川奈は覚悟を決めた。ベッドの上に立ちあがって、するりとトランクスを脱ぎ捨てた。

頭の後ろに手を組んで、女将はじっと見あげてきた。

笑っているふうではない。怒っている様子でもない。

まばたきもせず、目を凝らしてくるのだ。

「五、六年前までは、これでも健在だったんだけれど」

多毛なほうの陰毛に埋もれ、まったく自立性を失っている男の肉に、こそっと目を向け、川奈は自虐的な言葉を吐いた。

あっ、そうだ！　そのときになって、川奈は急に思い出した。

この場に至ったそもそもの原因は、あの日、ゴルフ場の風呂場で、股間のヘアに、何本かの白い毛を発見したことだった。

(その数本は、どうなっているんだ)

あわてふためいて川奈は、やや腰を折って、股間を注視した。

が、よく見えない。

「きっとね、起爆剤がほしいのね、川奈さんの躯は」

川奈の思案などまるで知らぬ様子で女将は、川奈の裸体をじっと見すえたまま、独り言のようにつぶやいた。

「起爆剤、とは？」

「視覚か、触覚か、それとも味覚かしら。刺激をしてあげればいいのよ」

「どういうこと？」

「視覚じゃないわね。恥ずかしいのを必死にこらえて、わたし、裸になったのに、川奈さんの躯に、今のところ反応がないんですもの。ねっ、わたし、挑戦します。あなたが元気になってくださることを願って」

「挑戦？」

「そうよ。あーっ、わたしは一人で勝手に、あん、どんどん昂奮してきたわ。そうだわ、ねっ、わたしのお顔に跨ってください、真上からよ」

女将の目尻に、淫なる笑みが浮いた。大きな瞳にわずかな潤みを浮かせて、だ。

女将の口から出た意味深な言葉は、それほど難解ではない。

その昔、放蕩《ほうとう》に明け暮れていた当時、そんな痴戯にふけったことは、何度もあった。が、その類《たぐい》の戯びの相手をしてくれた女性は、その道のプロか、ないしは情愛を交換した上の、密なる関係があった女性だった。

しかし、麗しい曲線を描く全裸をさらし、仰臥《ぎょうが》している女性は、昨日の夜、たまたま出会った宿の女将だし、だいいちお互いは、まだ身体を清めていない。漁船遊覧をしたその足で、女将の部屋に飛びこんできたのだ。

(言われるがままに、おれがこの女性の顔に跨ったら、この女性の唇や舌がどこに粘着してくるのか)

深く考えるまでもない。

が、次の瞬間、川奈は己の股間の奥に、熱い血液の奔流《ほんりゅう》を感じた。

忘れかけていた男の欲望だった。

それまでだらんと垂れていた陰嚢《いんのう》が、きゅーんと凝り固まっていくような感覚も奔って、だ。

しかも……、

(彼女一人に任せるのは、おれの本意ではない)

と、己に強く言いきかせた。

跨る体位は、自由じゃないか。

そこまで覚悟を決めたとき、意外なほど素早く、川奈は身をひるがえした。

視覚、触覚、味覚を三位一体として味わう行為は、この形しかない。すなわち、シックスナイン。その昔、『巴取り《ともえどり》』と称していたらしいことは、物の本で読んだことがあった。

まだ清めていない肉体を、お互いがむさぼりあったら、どうなるか？

はっきりとした結論が出ていないうちに川奈は、ほやほやと茂る女将の恥毛を目の下にする形で跨った。

そのときになって初めて川奈は、女将の恥丘の肉厚を確認した。むっちりとした肉の盛りあがりは、いわゆる土手高の形状だ。

ヘアが薄いせいで、恥丘の下辺に切れこむ肉筋まで、やや窮屈そうに、顔を覗かせている。

あっ！　川奈は小さく叫んだ。同時に、びくんと股間が弾んだ。女将の顔面に垂れているだろう男の玉に、生温かい息づかいが吹きかかってきて。

「大きいのね、川奈さんの玉々ちゃん」

女将のひそめた声が、股間をくすぐった。

思わず川奈は覗きこんだ。

ぶら下がっている陰嚢と女将の唇の距離は、わずか十センチほど。

（ひょっとすると、そのあたりにも白い毛が混じっているかもしれない）

ある種の恐怖を感じながらも、川奈は己の行動を止めることができなくなっていた。肉厚の丘に向かって、口を落とした。両手で彼女の太腿をしっかり抱きしめながら、である。

「ああっ、川奈さん！」

女将が叫んだ。

その行為を拒んだ声ではなかった。その証拠に女将の恥丘が、ぐぐっと迫りあがってきたのだ。唇をいっぱいに広げ、川奈は頬張った。ほんのわずか甘酸っぱいような、やや饐《す》えたような淫臭が、恥丘の下辺に切れこむ肉筋を選《よ》り分けるようにして吹きあがってきたのだ。

（芳しい……）

そんな抽象的な印象よりも、川奈は驚喜した。

昨夜会ったばかりの女性の淫部に、しっかり口を寄せている自分の勇気に、だ。現役時代から夜の戯びに関して、他人に負けない自信はあったつもりだったが、潔癖症のところもあった。できる限り、不潔は回避した。ましてやあまり知らない女性に対しては。

だから事を始める前、必ずお互いの身を清めることを信条としていた。

それなのに、である。

勢いに任せて川奈は、両手で抱きしめる女将の太腿を、かなり強引に押し開いた。

肉筋が裂けていく。甘酸っぱい匂いが生温かさを道連れにして、濃くなってくる。口を離して川奈は目を凝らした。肉の裂け目の突端に、やや肥大したような女の芽が突起していたのだ。ぬらりとした艶にまみれて、である。

ああっ！　川奈はまた声を出しかけた。

女将は自らの意思で、さらに太腿を左右に開き、そして、股間を浮かせたからだ。恥丘に茂っていた薄毛は、肉の斜面に至って、そのすべてが地肌に薙《な》ぎ倒されていた。

湿っている。濡れている。

当然のように川奈は唇をすべらせた。

女の芽を舌先で転がした。ほんの少し痺《しび》れるような味わいが、舌先に広がった。

「あーっ、そ、そこよ。ねっ、舐めてくれたのね」

切れ切れの声を発しながら女将は、股間を開ききった。

目の下に肉の斜面が剥き出しになった。いくらか張り膨れたような二枚の肉畝の隙間から、濁りのないピンクの襞がこぼれかけている。

その鮮やかな色あいに、不潔感など、どこにもない。

（ひょっとするとおれは、生まれかわったのかもしれない）

頭の片隅に、そんな思いを浮かべながら川奈は、闇雲《やみくも》に唇を押しつけた。瞬時をおかず、舌を差し出した。二枚の肉畝を舌先でこじ開けながら。

「ううっ、あっ、ねっ、いい……」

股間の真下から聞こえる女将の喘ぎ声は、甲高くなったり、沈んだり。

粘り気の強い肉襞が、うねうねとうごめいて、舌先を取りまいてくるのだ。

じくじくと滲んでくる粘液を舌先ですくい取り、ああっ！　川奈は己の蛮勇を誉めてやりたくなった。唾に混ぜて飲みこんでいるからだ。甘いのか、酸っぱいのか、それともうまいのか、まずいのか、よくわからない。

が、すくい取っていく女の汁の量は次第に多くなってきて、喉を通過させるのが忙しくなってくる。

そのとき、ふいに、女将の黄色い声が響いた。

「か、川奈さん、見て、ほら、あーっ、大きくなってくるわ」

女将のかすれた声に反応して、川奈は口を離した。

なにを見ろと言っているのか、と。

上体を上げて川奈は、股間の下に埋もれている女将の顔を追った。

ややっ！　彼女の表情を確認する前に、己の身体の異変に気づいて、目を見張った。

ついさっきまで、ちんまりと縮こまっていた男の肉が、なにを狂ったのか、勇躍として勃ちあがっていたのである。皮をかぶっていた筒先もきれいにめくれ、天を突く勢いで、棒勃ちになっていた。

「わたし、びっくりしちゃいました」

女将の声が、本心に聞こえた。

「ぼくも……」

つづく言葉が出てこない。

「わたしの目の上で、むくむくと起きあがってきたんですよ。さっきまでは、グレーがかっていたでしょう。少しくすんだ色で。それなのに、今は赤茶よ。

それにね、ほら、太い血管まで浮かせています」

「気がつかなかった。うん、女将さん、いや、貴子さんの秘密の肉に、視覚、触覚、味覚を総動員させていたら、自分の躯に注意が向かったらしい」

「優しくキスくださったんですもの」

「まったく元気になってくれないとか、そのあたりに白い毛が生えはじめているとか、そんな余計な、くだらないことばかり考えてばかりいたせいか、神経質になっていたんだろうね」

「ご自分のことを忘れて、わたしのことばかり考えてくださっていたから、川奈さんの力が、自然と回復してきたのかもしれません」

「きっと、そうだ。しかし、何年ぶりかで勃ちあがったのに、わりと勇ましい形をしているんで、驚いているところなんだ」

己の躯のことなのに、川奈は他人事のような、冷静な評価を下した。

「十二年前の童貞青年は、事を成しとげるのに三日も要したらしいが、ぼくは二日で目的を達成したようだから、誉めてやるべきかもしれない」

「ああん、あの坊やのことなんか、もうどうでもいいんです。それより、ねっ、わたしを抱いてください。あーっ、真上からかぶさってきて、ですよ」

不思議なものだ。男の肉が膨張しただけで、自分の行動に余裕が生まれてきたようで。女将の顔の上に跨っていた体勢をゆっくり反転させ、川奈は覆いかぶさった。

直立した男の肉にゆるぎはない。

いや、それだけではない。

赤茶に色づいた筒先に湿り気が滲んでいたのだ。

先漏れの粘液か。

うーん、われながら立派だ。

自信を漲らせて川奈は、仰向けになって待ちかまえる女将の真上から、用心深く覆いかぶさった。棒勃ち状態の男の肉を、彼女の下腹に押しつけるようにして。

女将の下半身に押しかえされて、折れ曲がった肉の根元にわずかな痛みが奔った。その痛みも、考えてみると男の肉に力がこもったせいで、川奈はつい、一人笑いをもらした。

「あん、ねっ、固いのよ。それに、熱をこもらせています」

女将の訴えが、心地よく耳に響いてくる。

ついさっきまでは、ぐんにゃりだったのに。

「貴子さんのおかげだな、こんなに元気を取りもどせたのは」

「あのね、あなたの坊やが、わたしの膣《からだ》に入っていきたい、いきたいって、びくびく跳ねているんです、わたしのお腹を叩きながら」

「ぼくだけじゃない。貴子さんの肉も、早く入ってきてほしいと、ぬるぬるになって、蕩けていた」

「ああん、あなたの言葉は、ものすごく猥らしいの、ぬるぬる、なんて」

「ほんとうだから仕方がない。さあ、少し太腿を広げてくれないかな。何年ぶりかの、女性宅訪問なんだから」

「あーっ、ほんとうなのね、久しぶりなんて」

「うそじゃない。この数年、奥さん孝行に徹して、世の中の美しい女性とは、いっさい無縁としていたんだから」

「わたしは、それじゃ悪い女なのね。奥様を裏切るようなことを、あなたにさせてしまって」

「裏切り行為のおかげで、男の力が回復したんだから、長い目で見ると、結果的に奥さん孝行をしたことになる」

甘い睦言《むつごと》が行き来しているうちに、男の肉はますますいきり勃ち、女将の下腹から太腿の付け根あたりをこねまわす。

女将の太腿の根元が、じわりと左右に開いた。

腰を使って川奈は、筒先をすべり込ませた。ぬるりとした粘膜が筒先に当たった。

「あーっ、きたわ、きました。でも、ねっ、お願い。わたしも、ねっ、この何年か、わたしを優しくハグして、気持ちよくしてくださったのは、海の神様だけだったのよ。こんなに大きくて固い本物の男性が入ってきたら、どんな感じになるのか、ああん、よくわかりません。だから、あーっ、静かに、ゆっくりと、ねっ、ねっ、お願い」

切れ切れの声をもらした女将の瞼が、重そうに閉じた。

そのときの歓喜を、一身に受けとめようとしているのか、しなやかな首筋を反らして、だ。頤《おとがい》を跳ねあげる。

女性がもっとも美しく輝く一瞬は、この状態にある。川奈は常々、そう信じていた。ある種の神々しさも垣間見えて、だ。

自然と川奈の両手に力がこもった。女将の背中と腰を抱きくるめ、強く引きよせる。反動的に、屹立する男の肉が、生温かく潤む女の秘肉を掻き分けた。

(なんという快感!)

川奈はさらに股間を押しつけた。

ぬるぬると深入りしていく。奥に行くにつれ、膣温は上昇していき、複雑に入り組む襞肉が、四方八方から絡んでくるのだった。が、

(あっ、これはいかん!)

川奈はあわてて行為を一時中断した。

何年ぶりかで味わう男女交接の快媚《かいび》は、男のエキスを貯蔵するタンクの元栓を、ゆるめてしまったらしい。噴射を急がせる強い脈動が、股間の奥を蠕動《ぜんどう》させたのだ。

挿入して三分と経っていないのに。

今、だらしなくももらしてしまったら、女将に嗤われる。あなたは童貞くんと同じで早漏だったのね、とか揶揄《やゆ》されて。

時間稼ぎに川奈は、まだ瞼を閉じたままでいる女将の唇を、舌先でなぞった。

女将の瞼がひっそり上がった。

「あん、どうなさったんですか。あのね、もうすぐだったんですよ、わたし」

責められた。

「うん、ちょっと気になっていたことがあったんだ」

「どのような」

「しつこいようだが、十二年前の例の青年は、三回目で無事、童貞を卒業したのか、どうか」

「やはり、お聞きになりたいんですね」

「うん、このところ、数年守りとおしていたぼくの童貞を捧げるのだから、青年には負けたくないと思ってね」

男の肉を深々と飲みこんでいる女将の膣道が、ぐねりとうごめいた。

「おもしろかったんですよ。彼はね、約束どおり一週間ほどして、またわたしのアパートに来ました。今日は精いっぱいがんばりますから、よろしくお願いします、と言って」

「それで？」

「若い男性は、素敵なアイディアマンだったんです。だって……」

思わせぶりに、そこで言葉を切った女将の腰が、まるでそのときを思い出したかのように、ぐぐっと迫りあがったのだった。

第四章　招かれた女子会

房総半島の先端に位置する港町から東京駅に向かう高速バスは、最終便ということもあってか、乗客は川奈誠二のほかに、疲れきった様子のサラリーマンらしい男の客が一人という、寂しさだった。

それじゃ、ゆっくり眠らせてもらうか、こちらもかなりくたびれているし。

ふたつ並んだシートの背もたれを倒して、川奈は目を閉じた。

が、背中のすぐ後ろに、睡魔が取りついているというのに、なかなか眠れない。

三時間ほど前まですごした濱野屋の美人女将との、ときめきの時間が頭から離れなくて、だ。あの女将もなかなかやるな、と感心したり、思い出し笑いをもらしたり。

――女将の若い時代の思い出として、童貞青年との事の顛末《てんまつ》は、涙ぐましいほどの激闘だった。二度目の挑戦にも敗れた青年は、それから十日ほどして、今日こそがんばりますと、女将のアパートを訪ねてきたそうだ。

一般的に考えると童貞であれ、なんであれ、二度も屈辱の閨を送ったのだから、一人の男として、これ以上、辱《はずかし》めは受けたくないと、プロの女性に助成を依頼してもよさそうなのだが、青年の意欲は初志貫徹だった。

青年にとっての女将は、天空から舞い降りてきた、見目麗しき女神か乙姫様に映っていたのだろう。

その夜、ベッドに招かれた青年は、それは潔く全裸になり、女将の前に平伏し、今夜は絶対、粗相は致しませんと大見得を切った。

女将が理由を聞くと、

「今日の昼すぎから三時間ほどかけて、ぼくの体内に溜まっていた余計な体液を、自分の指を使い、すべて出してきましたから、今は多分、空っぽなんです。溜まっていなければ、あわてることもないし、冷静に対処できると考えました」

と、大真面目で答えたそうだ。ようするに、己の指を駆使する自慰を行ない、男の体液を放出してきた、ということだった。早漏の危険を回避しようと、青年は青年なりの作戦を練ってきた。

青年の苦心を聞いて、女将は吹き出しそうな笑いを、必死でこらえた。が、反面で、自分に対する一途な想いを知って、女将は青年の愛らしさを肌で感じたそうだ。

三時間の時間内で、何度指を使ったのか、そこまで聞かなかったが、今夜はこの子の好きにさせてあげたいと、女将はすべての衣服を脱ぎ捨て、青年の前に仰臥した。青年の行動は沈着冷静だったそうだ。

仰向けに寝た女将にキスを求め、そして、口をすべらせ乳房に這わせ、乳首を吸った。青年の口はさらに降下して、恥丘に埋め、驚くことに、太腿を広げ、肉の斜面、すなわち女の園に唇をあてがい、舌を出した。

こんなに懇切丁寧な甘い前戯をどこで覚えてきたのだろうと考えながらも、女将はつい恍惚の声をあげ、青年の頭を抱きしめた。

なにげなく青年の股間に目をやったとき、女将は衝撃の声をもらした。

青年の肉はいきり勃ち、先端の薄い皮膚は、鮮やかなピンクに染まっていたからだ。

(立派な一人の男性になっていたのね)

女将は感激した。そして、両手で青年を抱きかかえ、迎える体勢をとった。余分な体液をすべて放出しても、青年の肉体は勇躍として迫りあがっていたのである。

たった今、自分の秘密の粘液を舐め、吸い、飲んだ青年の口を、女将は夢中になって奪った。感動のキスは長くつづいた。青年は器用に動いた。そして青年は、童貞の肉を見事、深々と女将の肉体に挿しこんだ。

「女の悦びは時間とかテクニックじゃないことを、わたし、そのとき初めて体験しました」

十二年も前の出来事を、昨日のことのように話した女将は、頬をぽっと染め、そのときの熱烈キスを思い出したかのように、ちろっと唇を舐めた。

不思議なことに川奈は、一点の嫉妬心も感じなかった。一人の女性の貴重なエポックを、夢心地で語った女将がうらやましくなったほどだった。

が、話のつづきはまだあった。

「彼が入ってきて、そう、よく覚えていないんですけれど、終わりは早かったの。そうね、一分もしなかったかしら。彼は叫びました。ぼく、出ます！　いきます！　って。とっても温かい男の子の養分が、わたしの躯の奥底目がけて、飛びこんできた感じでした。でも、うれしかった。わたしは彼を力任せに抱きしめていましたから」

話が終わったとき、川奈は己の肉体の雄々しい回復を覚えた。青年の努力に触発されたのか、勢いよく勃ちあがったままだった。

時をおかず川奈は、やや乱暴に真上から圧し掛かって、押しこんだ。

女将は、太腿を大きく開いて迎えてくれた。

何年ぶりかの交接は、川奈の肉体を翻弄《ほんろう》した。

男の快楽を得たというより、無事、女体に挿入できたという達成感が、川奈を満足させた——

女将が女の悦びに浸ってくれたかどうかは、不明である。恥ずかしながら川奈の吐射は、十九歳の青年に負けないほど素早かったからである。

別れ際、女将は名残惜しそうに言った。海の季節がくるころに、ぜひいらっしゃってください。そのときは、わたしの船ではなく、二人乗りのジェットスキーを用意しておきますから、と。

寅さん的房総の旅は、大団円《だいだんえん》で幕を閉じたのだが、川奈にとっては正直なところ、物足りなさが残っている。今夜の交わりで、あの魅力的な女将が果たしてどのように感じてくれただろうか、と。

自分一人で満足していたとしたら、還暦をすぎた男としては、ピエロである。

しかし……、

(もう一度、行ってみようか)

自分なりの回答を得たとき、川奈はリュックから携帯を取り出した。東京駅に着くのは深夜の一時ごろになるはずだ。これから帰ると妻に連絡をしようと思って、だ。

うんっ！　携帯の画面に目をやって、川奈は小首を傾げた。一本のメールが届いていたからだ。このところ、メールなどもらったことがない。差出人を見て、川奈はまた小首を傾げた。メールがインプットされたのはついさっき。仕事の話ではない。川奈は急いでメールを開いた。

『お元気ですか。用件のみをお伝えします。次の土曜日の夜、女子会を開きます。参加人員は私を含めて三人で、お料理教室で親しくなったお友達です。先輩もぜひ参加してください。スポンサーとしてです。お二人ともセクシーな女性ですから、楽しみにしてください。参加費は美味しいワイン二本です。会場は私の自宅で、住所は中野区《なかのく》鷺宮《さぎのみや》XＸ丁目XX。西武線《せいぶせん》の鷺宮駅にお着きにまりましたら、連絡してください。お迎えにあがります。尚、不参加は不可です。以上。山下沙織』

比較的長めのメールを、川奈は三度読みなおした。有無を言わせない紋切り型がおもしろい。

（女子会ね……）

若い女性の間で、そのような集《つど》いがあることは知っていたが、おれのようなおじさんを招いて、なにをしようと考えているのか。が、差出人の名前を見て、川奈はつい笑ってしまった。沙織の現在の姓は島田だった。

わざわざ旧姓を記してきたのは、ご亭主が不在を知らせている。

（行ってみるか）

物見遊山《ものみゆさん》のつもりで。

だいいち参加費がワイン二本では安すぎる。

メールを返そうとしたが、やめた。沙織の文面から察すると、不参加は許されそうもないし、だいいち、おおよそ十日ほど前、わざわざ彼女を呼び出した結果の、無様な自分の姿を思い出すと、大人しく従うしかないと思ったからだ。

次の土曜日の夕方。

房総の旅で知りあった釣り人に誘われた。今日釣ってきたばかりの鯵《あじ》と鯖《さば》を肴《さかな》にして、一杯呑みませんかと誘われて、ね。一晩泊まりになるかもしれないが、行ってくるよ。

妻の絹江に嘘の上塗りの言い訳をして、川奈は家を出た。妻の様子に疑いの素振りは毛頭なかった。

この数年間の奥さん孝行一本槍の生真面目生活は、絶大なる信用を得ていて、妻はむしろ、呑みすぎに注意してくださいと、快く送り出してくれたのである。

すでに陽《ひ》はとっぷり暮れていた。西武線の鷺宮駅に着いたのは、夕刻の七時ちょっと前だった。

大通りから一本脇道に入った細い路地の一角に、沙織の自宅はあった。豪邸というわけではないが、夫婦二人の住まいとしては充分のスペースを構える二階建てのその屋敷は、暗闇に没していて、玄関口を照らすオレンジ色の門灯が、川奈の目にはなぜか妖《あや》しげに映ってきたのである。

主人は関西に出張していますから、今夜は留守をしています。車を下りて沙織は川奈の左腕に寄りそい、そっと耳打ちをしてきた。

淡いピンクのブラウスの上に、白いカーディガンをはおった普段着らしい装いが、落ちついた人妻風の色香を、ふんわりと投げてくるのだった。

意識をしている所作なのか、それとも自然の動作なのかよくわからないが、左手上膊《じょうはく》の裏側に重なってくる乳房の揺らぎが、川奈の気分を明らかに動揺させてきた。

房総の旅が川奈の男の血を、敏感に、そして熱くよみがえらせた、なによりの証《あかし》かもしれない。

「二人のお客様が、もう待っていらっしゃるのよ。お名前は葉子《ようこ》さんと琴乃《ことの》さん。苗字はいらないでしょう。葉子さんは四十一歳で、不動産会社にお勤めなさっているんです」

「沙織君よりずいぶん歳上じゃないか」

女子会と呼ぶにはふさわしくない年齢にも思えて、だ。

「琴乃さんは二十七よ。結婚して二年半ほど経っているらしいの。でもね、彼女は今、悩んでいるんです。離婚したい、とか」

「ええっ、離婚？」

「結婚生活って、むずかしいのね。この前も言ったでしょう。わたしの結婚生活は四年ほど経っていますけれど、我慢とあきらめと寛容が、結婚生活を上手に乗りきる方法だと思って。でも、琴乃さんはまだ二十代の若さで、我慢できないらしいの」

「葉子さんも奥さんなのか」

「それがね、おもしろいんです。彼女は今、お付き合いしている恋人と、結婚したほうがいいのか、今のままのほうがいいのかと、二者択一を迫られているみたい」

年齢的に考えると、結婚と離婚で悩んでいるらしい二人の女性は、逆の立場に置かれているような。

「妙な取り合わせただな、今夜の女子会は」

「それでね、わたし考えたんです。彼女たちの悩みを先輩に聞いてもらえないか、って。先輩は人生の大ベテランですから、きっと彼女たちに、これからの正しい生き方、解決方法を与えてくださる、と」

弱ったたな。川奈は考えこんだ。持参した特上ワインを呑んで、陽気な一夜を送ってみるかと、大いに期待していたのに、それぞれが人生の分岐点のような問題をかかえ込んでいるようだから、玄関に入りかけた足の動きが、いくらか鈍くなった。

「ねっ、二人をご紹介する前に……」

短い言葉を切った沙織の手が、川奈の腕を強く引っぱった。

急に、なにをするんだ？　両足を踏んばってこらえようとしたが、沙織の力がまさった。玄関の脇の暗闇に連れこまれた。あたりに注意深い目をまわした沙織の全身が、爪先立って、いきなり真正面から覆いかぶさってきたのだった。

川奈の首筋に、両手を巻きつけて。

「わたし、どうしてももう一度、先輩に会いたかったんです」

「ぼくに？」

こうした緊急のシチュエーションに巻きこまれたとき、昔のおれだったら、どうしていただろうか、なんて、くだらない迷いごとにぶつかりながらも、川奈の両手は沙織の腰にしっかりかりまわっていた。

しなりの強い沙織の上体が、仰け反りかけた。

「この前、お会いしたときは、ねっ、中途半端で終わってしまったでしょう。自分がかわいそうになったり、先輩がお気の毒になったりして、何度も眠れない夜を送ったんです」

「それは、ごめん。ぼくがだらしなかったからな」

「いいえ、そんなこと、もういいんです。でも、もう一度会ってくださいって、わたしから連絡するのも恥ずかしくて、それでね、女子会をやろうと思いついたんです。先輩をお誘いする理由が作れると思って」

「ずいぶん手のこんだことをしたんだ」

「お部屋で待っている二人のお友だちは、あのね、お二人とも、とってもチャーミングで、きれいで、セクシーなんですよ。わたしなんか、負けてしまいます。だから、そう、先手必勝です」

言葉が終わらないうちだった。

川奈の首筋をとらえていた沙織の両手に、無闇な力が加わった。

引きよせられた。ほぼ同時に、とても柔らかくて、しかも少し冷たく感じる粘膜が唇に重なってきたのだった。

この子に、こんな積極性、情熱があったのかと感心しながらも、川奈は強く押しかえした。二人の唇の重なりが粘り強くなる。

今度はおれの番だろう。意を決して川奈は舌先を差し出した。

ううっ。押し殺したうめき声が、沙織の口からもれた。

次の瞬間、音を立てる勢いで、二人の舌が絡んだ。夢中になって川奈は、沙織の唾を吸った。吸いかえされた。甘酸っぱく感じる唾液が、二人の口を往復する。

「あっ！」

小さな叫び声が、沙織の口からほとばしった。

お互いの躯を貪《むさぼ》りあうように抱き合っていたのに、いきなり沙織は唇を離した。やだっ！　沙織は確かにそう叫んで、なにかを追い求めるように、視線を下した。

(おれはなにか、へまをやってしまったのか！)

これほど熱烈な接吻《せっぷん》を交わしたのは、久しぶりのことだったから、つい夢中になって、どこかを傷《いた》めてしまったのか。その結果、沙織の機嫌を損ねてしまったのだったら、おれの責任だ。

いい歳をして、慣れないことをやるものじゃない。照れまくって川奈は、頭を掻きたくなった。

「か、川奈さん……」

沙織の声がかすれた。彼女の視線は間違いなく上下した。

「どうしたんだね、急に」

「ねっ、大きくなっています、川奈さんが」

「えっ、大きく？」

「ぶつかってきたんですよ。ううん、違います。わたしを押してきました。す

ご い勢いで」

そのときになって初めて、川奈は己の躯の異変に気づいた。

いつの間にか男の肉が、それは雄々しく迫りあがっていたのである。

「これは悪いことをした。早織君の唾に酔ってしまったらしい」

適当に言いつくろったが、内心の驚きは隠せない。

キスをしたぐらいで発情して勃起するなんて、とても考えられない、と。

「今日の川奈さんは、おかしいです」

沙織は声を殺して抗議した。

「そんなにおかしいか」

「だってそうでしょう。この前お会いしたときは、二人でお風呂に入って、キスをして、それから、ああん、先輩はわたしのお股に口を付けたんですよ。それなのに、おれは萎えたままで、大きくならないと、すっかりしょげていらっしゃったんです」

そのとおりだった。

まるで力なく、陰毛の中に埋もれていた。

「実はね……」

自分の男の能力が、いくらかでも回復した理由を、正直に伝えようと思ったが、言葉にはならない。

「まさか、いろんなお薬を飲んでいらっしゃったんじゃないでしょうね。ずいぶん効き目のある薬があると、聞いたことがあります」

「薬なんか一粒も飲んでいない。実はね、ついこの前、座禅を組みに行ってきたんだ」

まさに口から出任せのひと言だった。

「えっ、座禅？」

沙織は興味深そうに尋ねかえしてきたが、その視線は暗闇を透かすようにして、川奈の股間を注意深く見据えているのだった。

まるで信じられませんというような。

「房総半島の港町に行ってきた。二泊三日の予定で、ね。きれいな砂浜があった。夏場は海水浴客で賑《にぎ》わう海辺と、地元の人に聞いた。夕方だった。はるか彼方に、墨絵で描かれたような霊峰富士が、くっきり浮きあがった。神々しかった。そこでぼくは考えた。富士に向かって座禅を組んだら、きっとすばらしい教えがあると信じて、ね」

「座禅の組み方を知っていたんですか」

「うん。学生時代、ぼくは陸上競技をやっていただろう。そのとき、ランニング・コーチが座禅を知っていて、教えてくれた。無の境地に達してこそ、勝利を得ることができる、とね」

「それで、どうなったんですか、富士山から答えをいただいた、とか」

「男の能力が消滅したくらいで、くよくよするな。世の中には、もっとさまざまな難問をかかえて苦悩している人がいるんだから、いつなんどきでも平静を保て。そうすると、吉報が届くかもしれない、と」

学生時代、奈良の禅寺に詣《もう》で、座禅修行を積んだことは事実だったが、あとは口から出任せの作り話だった。

「それで、あの、先輩はこんな立派な力をいただいた、とか？」

「座禅の効能もあったかもしれないが、やっぱり沙織ちゃんが、いきなり抱きついてきて、唇を合わせた勢いだったんだろうな。ぼくも信じられない、こんなふうに大きくなってしまったことが」

川奈の瞼の奥に、房総半島の漁港で、偶然出会った貴子女将の裸像が、ぽっかり浮きあがった。

男の能力が回復した理由は、座禅でも霊峰富士でもない。女将とすごした二夜《ふたや》の睦事に起因していることは、ほぼ間違いない。

川奈にとっては、なによりの経験だったのだから。

「ねっ、ちょっとだけ」

離れていた二人の空間を、沙織はすすっと狭めてきた。

「ちょっとだけ、なにをしたいの？」

「ついこの前は、すっかりしょげていたんですよ。先輩がほんとうに元気になったのかどうか、ねっ、さわらせてください」

ええっ、さわる、この場所で！　あまりにも衝撃的な彼女の要求に、思わず川奈はあたりを見まわした。さわりたい目的物を、具体的に問いただす必要はない。幸いなことに、二人が身をひそめている場所はガレージの陰になっていて、道路からの目は完全に遮断されている。

「こんな場所でいいのかな」

拒否とも応諾ともとれる曖昧な言葉で、川奈は応じた。

「ものすごくエキサイトしませんか。暗がりでさわりっこするなんて、木《き》の芽《め》時《どき》の高校生みたいで」

そう言われると、腋の下や股間の奥に、ぞくぞくっとする昂ぶりが奔って、男の肉はますます迫りあがっていく。

はっとした。沙織のほうがはるかに積極的だった。

ズボンの上を、するっと撫でた手は、ベルトをほどいて、その内側にするりとすべり込んできたのだった。声もなく、じっと立ちつくし、身を任せているしかない。器用な動きでもぐり込んできた彼女の手は、トランクスの上を、ゆるゆると這いまわる。

垂直に勃ちあがる裏筋を、なぞるようにして。

「ねっ、ほんものです」

手の動きを止めないで沙織は、うわずった声を発した。

美人奥さんにさわられている刺激に耐えながら、川奈は腹の中で笑った。ほんものですと、大真面目に言った彼女のひと言に。そんな箇所に、うそものを隠しもっているはずもない。

「こんな場所でも、座禅修行の効果が発揮できたのかな。なににしても、沙織ちゃんに男の力を再確認してもらったことは、とてもうれしい」

「わたし、思い出しました。もう、ずっと昔のことですよ。わたしが結婚する前のこと。先輩に相談したでしょう。今度の結婚は、あんまり気乗りしないんです、って」

「うん、そんなこともあった」

「あのとき二人は、ああん、お風呂に入りました。そうしたら先輩は、わたしの目の前に立ちはだかったんです。わたし、びっくりしました。大きいだけじゃなくて、きれいな形をしていました」

「ぼくも思い出したよ。沙織ちゃんはいきなり、くわえてくれた」

「はい。あのときの大きさとか、匂い、お味は今でも忘れられないんです。でも、あーっ、わたしがおさわりしている……、ねっ、先輩の躯《おにく》は、あのときと同じぐらい元気です。だって、わたしの手にびくびく当たってくるんですよ」

うっ！　川奈はほんの少し腰を引いて、うなった。

沙織の手が素早く動いたからだ。ためらいはない。トランクスのゴムを掻いくぐって、その内側にもぐり込んできたのだ。

沙織の顔が胸板に埋もれた。

指がうごめいた。そそり勃つ男の肉の先端を、柔らかく包みこみ、そして、すべり落とした。迫りあがる肉筒を、そっとくるむようにして。

彼女の熱い呼吸が、着ていたセーターを素通しにして、地肌に染みてくる。

「この前は実にだらしなかったから、少しくらい汚名挽回できたかな」

「少しじゃありません。ねっ、先輩、お願い。ああん、このままお家《うち》に入ることはできません。ですから、あん、車に行きましょう」

「えっ、車？　どこかにいくとか？」

「違います。さ、早く」

トランクスの中から手を抜いた沙織は、またしても川奈の手を取り、脱兎《だっと》の如く走った。ガレージを一周して、車のドアを開けるなり、さ、入って！　と尻を押された。

事の次第がうまく理解できない。

車を出して、どこかに行こうとしているのではない。その証拠に、二人が雪崩《なだれ》こんだのは後部座席だったから。島田家の乗用車は大型だった。息を切らせて二人が乗りこんでも、充分のゆとりがあった。

ずいぶん乱暴な手つきでドアを閉めるなり、呼吸を荒くして、沙織は川奈の胸に倒れこんできた。

しかも彼女の手は、いまだに揺るぎもなく迫りあがる男の肉を、押さえつけて。どうしていいのかもわからず、川奈は沙織の背中をさすった。

「お料理教室で親しくなった葉子さんと、それから、あの、琴乃さんはお部屋で待っています」

沙織の声が、狭い車内に熱っぽくくぐもった。

「ほっといていいのか」

「お二人の悩み事というのか心配事は、あのことなんですよ」

「あのこと、とは?」

「察してください。ですから、男性と女性の睦み事。セックスのことです」

しかしな……。短い言葉を挟んで川奈は、頭の整理をした。歳上の彼女は結婚のことで、歳下の若い人妻は、離婚するかどうかで苦悩していると、聞いたばかりである。

同じ事案で悩んでいるとは、やや不可解なり。

「あのね、琴乃さん夫妻はセックスレスで、葉子さんは毎日のように攻められて、これで婚姻届を出して同じ屋根の下に住むことになったら、わたしの身が持たないと、深刻に考えているんです」

なるほどね。沙織の言うとおり、事の性質は真逆でも、あのことが原因になっていることは間違いない。川奈はあらかたのことを理解した。

「それで、ぼくになにをしろと？」

「この前お会いしたとき、先輩は、あの、こんな言い方をしたら怒られるかもしれませんが、人生を達観されて、枯れた余生を送っていらっしゃるように、わたしの目に映りました。女なんかに、いえ、もっと正しく表現すると、セックスなんか、もう興味がない、というような」

「達観していたわけじゃないが、言うことを聞いてくれない自分の躯にあきれ果てていたのかな」

「そうでしょう。それでね、葉子さんと琴乃さんの悩みを聞いていただいたら、正しい方向に導いてくださるとばかり思っていました」

「それでぼくを女子会に招いてくれたのか。すなわち、男を卒業した老人を、セックス・カウンセラーとして」

深々と胸元に埋まっていた沙織の視線が、薄闇の中でも、じっと見つめてくることを、川奈は察した。

「二人を平等に扱ってくださる、と」

「二人の女性とは初対面なんだから、身びいきをしたり、公平を損なうような扱いはしないつもりだけれど」

「いいえ、先輩はずっと以前の男性に回復、いえ、回春されています。わたしとキスをしただけで、こんなに大きくなったんですもの」

「男が膨張すると、具合が悪いのかな」

「そうです。あの人たちは、わたしよりずっときれいで、セクシーで、魅力的な女性なんですよ。それも、異質な魅力を備えているんです」

「具体的に言うと？」

「葉子さんはおちょぼ口の日本人形のような愛らしさがあって、琴乃さんは青い目をしたブロンドヘアの西洋人形のような女性です。先輩がこの前と同じ枯れたおじ様だったら、わたしも安心できますが、ほら、こんなに大きくなったままでは、必ず不公平なアドバイスをなさると、不安になってきました」

「ぼくはまるで信用できない男に成り下がってしまったらしい」

「先輩だって、お好みのタイプがありますでしょう」

弱ったな。これっ、しばらくの間、沈静していなさいと命令しても、男の肉はトランクスを突き破る勢いでいきり勃っているし、おまけに、少々ではあるが、先漏れの粘液を滲ませている。

粘液の染みついたトランクスの一部が、冷たく当たってくるのだ。

二人の女性に義理があるわけではない。場所に不満はあっても、沙織に再会できただけで、充分である。

「それじゃ、せっかくの女子会だけれど、ぼくはみなさんにお目にかかる前に、退散させてもらおうか」

「だ、だめです。こんなに立派になっているんですよ。この前、寂しい思いで帰ったわたしを、慰めてくださる義務と責任があります、先輩には」

沙織の声音が急に、ワンオクターブ跳ねあがった。

「慰める？」

「そうです。先輩のお躯は、十年以上も昔の、生気溢れる時代に戻ったのです。わたし、また思い出しました。あの日、あの夜、先輩はバスタブの中で、わたしの前に立ちはだかったのです。そのとき、わたしはなにをしたのか、覚えていらっしゃるでしょう。先輩の大きさとか、香りとか、お味が、たった今、わたしの口の中に、はっきりよみがえってきました」

おいっ、ちょっと待ちなさい！　川奈は懸命に手で制したくなった。

彼女の指がズボンのファスナーを、かなり乱暴な手つきで、引きおろしにかかったからだ。

ここでなにをするつもりなのだ？　聞きたくなったが、声にならない。前の割れたズボンの隙間に、なんのためらいもなく沙織は、顔を沈めたのだ。生温かい呼吸が男の肉に向かって、もろに吹きかかってくる。

迫りあがりは、さらに勢いを増していく。

ああっ！　声を出す閑もない。顔を上げた沙織は、トランクスの男の窓から指を差しこんできて、無理やり、そのそそり勃ちを引きずり出したのだった。

薄闇の中で、沙織の瞳がきらりと光ったように見えた。

「素敵な形だわ、わたしを睨みつけてきて。あのときと、全然変わっていません。あーっ、ほんとうに夢を見ているみたい」

実感のこもった声をもらした沙織の顔がふたたび、ゆらゆらと沈んできた。仰け反るように勃起する男の肉の裏側に。

「沙織ちゃん、ぼくはとてもうれしいんだが、あいにくと、まだシャワーも浴びていない」

彼女の口や鼻が、男の異臭を嗅ぎとったら、せっかく盛りあがったこの場の雰囲気を、ぶち壊す。

川奈は心配した。そんなにあわてることはないと、彼女の頭を抱きかかえ、引き離そうとした。が、沙織は頭《かぶり》を振って、ますます激しくしがみ付いてくる。

しかも、男の肉の裏側に、唇をぎゅっとあてがって。

「石鹸の匂いなんか、嗅ぎたくないわ。わたしのほしいのは、先輩……、ううん、違います。誠二さんの匂いとお味と、温かさです。シャワーを浴びたら、全部消えてしまうでしょう」

女性に対する愛おしさを、これほど強烈に感じたのは、何年ぶりのことだろうか。股間に突っ伏している沙織の脇腹から手をまわし、強く引きつけ、抱きくるんだ。

そのとき川奈は再確認した。

男女の情感は、男の肉が勇躍と屹立することが基本ではないか、と。だらしなく垂れているようでは、男の誠意、馬力を与えることはできない。

ううっ。ふいに襲ってきた快媚が、川奈の腰を、突き上げた。男の肉の先端に生温かい粘膜がかぶさってきて。深くくわえ込み、そして肉筒の皮を引きずるようにして、抜いていく。筒先がびくんと跳ねた。沙織の舌が、それは的確に先漏れの粘液を、ぬるっと舐めてきたからだ。

(これほど強い情熱を秘めた女の子だったのか)

沙織の脇腹を抱きしめる川奈の手に、さらに強い力が加わった。

「脱いで、ください」

男の肉から口を離した沙織の、やや舌ったらずの声が、狭い車内の澱《よど》んだ空気を切り裂いたように聞こえた。

(本気なのか？)

川奈は信じられない思いに浸った。

ズボンを脱いでほしいと、この子は訴えている。疑う余地はない。

「ここで？」

「わたしはこんなに昂奮しているんです。途中でやめてお家に戻ったら、二人のお友だちに疑われます。だって、頬のまわりがほてっているでしょう。ああん、きっとわたしの目は潤んでいるはずです。ですから、わたしの躯をすっきりさせてやらないと」

薄闇であるから判然としないが、清めていない男の肉を頬張ったのだから、その昂ぶりは尋常ではないはずだ。事を終わらせたいと、この子は訴えている。

ここまでやってしまったら、引き下がるわけにはいかない。

「沙織ちゃんも脱ぐのか」

念のために問うた。

「脱がなかったら、次に進めません」

即答された。ならば覚悟を決めて行動に出るべきだ。

川奈の手は素早く動いた。腰を浮かし、トランクスもろともズボンを引き下げた。ひんやりとした夜の空気が、心地よい。それだけ自分自身も昂奮している証拠なのだろう。

川奈の様子をじっと見つめていた沙織は、思いたったように、シートの上で窮屈そうに膝立ちとなって、スカートを引きおろした。

どこからか射しこんでくる薄っすらとした街灯の明かりが、スカートを脱いだ沙織の下半身を、ぼんやりと照らし出した。

股間を隠す薄布は、白っぽく見える。ありふれたデザインだった。が、なんの奇抜性もない形が逆に、川奈の昂ぶりを煽《あお》った。表向き、この女性は平凡で善良な人妻だったことを証明しているようで。

もう、待てません。短い言葉を発した沙織の手が、その白っぽい薄布を、忙しげに引き下げ、シートの片隅にぽいと投げた。

あっという間に、下半身は丸裸。

確か、多毛のほうだったと覚えている。逆三角形を描いていた黒い翳の実像は、闇に溶けてはっきり見えない。が、その部分まであからさまになったことは間違いない。

「とっくの昔に還暦をすぎたおじさんと、三十代半ばのよその奥さんの、秘密めいた逢瀬《おうせ》にしては、やることが大胆だね」

「わたしだって、鷺宮の駅にお迎えに行ったときまで、こんなつもりじゃなかったんです。きっと誠二さんはおいしいワインを買ってきてくださるでしょうから、四人でいただきながら、彼女たちの悩みを聞いてあげれば、それでいいと思っていたんです」

「途中から方向転換してしまった」

「そうですよ、あなたの責任です。びっくりするほど大きくなって、固くなって、わたしを驚かせたからです」

「そうすると、悪いのはぼくなのか」

「ああん、そんなことはどうでもいいことよ。でもね、わたしは絶対ほしくなりました、あなたの躯を。だって、何年ぶりかのことなんですからね」

あっ、これっ！　声は非難めいていたが、川奈の両手は沙織のウエストと、剥き出しになった臀部をかかえ込んでいた。なんの断りもなしに、沙織は直立する男の肉を、大きく跨いできたからだ。

あと数秒もしないうちに二人は、正しい座位でつながる体位に向かっている。

「念のために聞くんだが、沙織ちゃんの躯は、すでに受けいれ準備が整っているの？」

「ねっ、カーディガンやブラウスも脱いでもいいでしょう」

川奈の問いかけには答えず、沙織はとんでもないことを言い出した。

「上も脱ぐとなると、全裸になりたいのか」

「今夜、誠二さんとこんなことになるなんて、考えてもいなかったの。だから、肌をぴったり重ねて、あーっ、下から入ってきてほしくなりました。奥深くまで入ってくるでしょう。そうよ、子宮に届くほど。わたし、すぐにいってしまいそうよ。だから、ねっ、あなたもセーターを脱いで」

大変なことになった。川奈の頭の片隅に、わずかな反省の心が目を覚ましたが、もはやあとには引けない。沙織の行動は速攻性に富んでいる。カーディガンを腕から抜くなり、引きちぎれそうな勢いでブラウスのボタンをはずした。たった一枚残ったブラジャーが、豊かに実る乳房から剥がれ落ちるまで数秒の速さだった。

あなたも早く！　けしかけられた。肌着と一緒にセーターを頭から抜いた。二人が一糸まとわない全裸になったとき、沙織の上体が、どどっと胸板にかぶさってきたのだった。脇腹に手をまわし、抱きしめる。

胸板にしっかり伝わってくる沙織の心臓の高鳴りが、男の肉をますます猛々《たけだけ》しく迫りあげていく。

ほぼ同時に、沙織は股間を沈めてきた。

直立する男の肉の先端に、熱をこもらせた粘膜が、ぬるりとかぶさった。準備ができているかどうかを尋ねたのは、愚問でしかなかった。

ほんのちょっと苦しそうに首筋を反らし、上下に股間を揺らした沙織の口から、細いうめき声がもれた。ぬるぬると埋まっていく。

奥に行くにしたがって、男の肉を取りまく粘膜の熱量が高まってくる。粘り気を伴って。その上、きゅっと締め付けたり、ゆるめたりと、男の肉を取りまく粘膜を、複雑に蠕動《ぜんどう》させる。

快感が劈《つんざ》けた。

愛らしい他人の嫁を、己の力で鋭く貫いているという、自己満足にも浸って、だ。

「あーっ、きました、入ってきます。ねっ、いい、いいの」

切れ切れの悶え声をもらした沙織の上体が、背筋を弓なりに反らして、肩を震わせた。

こんなに美しい乳房をしていたのか。薄闇の中に盛りあがる乳房の形状は、房総半島の港町から眺望した富士の山にも似ているような。

思わず川奈は唇を寄せた。

その頂にぴくんと尖る乳首に狙いを定めて唇を当て、つつっと吸う。

「あーっ、誠二さん！　痺れていきます。おっぱいが蕩けてしまいそうよ」

歓喜に満ちた声を発した沙織の股間が、男の肉を心棒にして、前後、上下、そして円運動を開始した。湿っぽい摩擦音が、狭い車内をわがもの顔で往来する。その音色に合わせ、車が揺れる。

「誠二さん……」

沙織の声が急に沈んだ。

そして川奈の肩口に、ぐったりと顔を預けてきたのだった。が、男の肉を深くくわえた粘膜は、間歇《かんけつ》的な引き攣《つ》りを奔らせ、閉じこめてくる。

「沙織ちゃん……」

答えた声がかすれた。

噴射を知らせる強い脈動が股間の奥底に奔った。次の瞬間、天を突く勢いで男のエキスが噴きあがった。挿入してわずか二、三分。

が、川奈は満足した。逞しく成長した男の肉は、勇躍として挿入されたのだし、吐射された粘液の量は、この人妻の肉《ちつ》から、溢れ出そうなほど大量だったから。

薄暗がりに慣れた目に、リビングルームの明るい照明はまぶしかった。ついまばたきをしてしまうほど。

「お待たせしました。わたしが信頼し、尊敬する川奈先輩をお連れしました。川奈、誠二さんです」

わざとはしゃいでいるような沙織の声が、川奈の耳には、とてもよそよそしく聞こえた。

瞬間、大型のソファに座っていた二人の女性が、あわてて立ちあがり、腰を折った。

ずいぶん立派な調度品が並んでいるリビングの、ちょうど真ん中に置かれたテーブルには、缶ビールの数本とチューハイらしい空き缶が並んでいた。すでに女子会の酒盛りは始まっていたらしい。

「初めまして、川奈です」

二人の女性に対して神妙なる挨拶をしてから川奈は、対面のソファに腰を下ろした。が、どこか後ろめたい。たった今まで、この家の奥さんと刹那的なカーセックスをやってしまった秘め事が、躯のあちこちの官能神経を、まだ、ひくひくと刺激しつづけているからだ。

さっそく、川奈が持ってきたワインの栓《せん》が抜かれた。

四つ並んだグラスに注ぎながら沙織は、横目で川奈を睨んで、こっそりウインクを送ってきたのである。お二人とも、きれいな女性でしょう、とでも言いたげに。

が、もうひとつ乗り気にならない。つい十分ほど前、男のエキスはすっかり絞り取られ、貯蔵タンク内は空っぽで、ワインの一杯か二杯呑んだら、どこでもいいから昼寝、いや、夕方寝をしたい心地であるからだ。

それでも川奈は、しっかり確認した。向かって左側に座っている女性が、四十一歳になる葉子で、右側が二十七歳の琴乃であることを。どれほど念入りな化粧を施そうと、二回《ふたまわ》り以上も違う年齢差は、一目瞭然である。

事が終わって車を下りようとしたとき沙織は、意味ありげな笑みを目尻に浮かべ、こそっとささやいた。

「これで先輩も、平等な目で二人の女性とお話できるでしょう。余分なものが体内に溜まっていると、ご自分の好みが出てしまいますからね」

ある意味では沙織の作戦に、まんまと嵌《は》まってしまったのだ。

「さっき、ちょっとお話したでしょう。葉子さんは今、お付き合いしている男性と結婚しようか、しないほうがいいのか、迷っていらっしゃるんです、って」

川奈の真横に座った沙織は、二人の女性を見比べながら、本題に入った。

（どっちでもいいじゃないか）

おれには関係ないんだ。

腹のうちで川奈は、素っ気ない答えを出した。

体内の脂気を、すっかり絞り取られているせいである。

が、眠気を我慢して見なおすと、葉子と名乗る女性の素肌は透きとおるほど白いし、全体が華奢《きやしや》な作りだった。好きものの男にとっては、いじめがいのある女相なのかもしれない、などと、川奈は勝手な鑑定を下した。

「お相手の男性はいくつですか」

面倒くさいが、一応、セックス・カウンセラーとして招かれた面もあるのだから、川奈は差しさわりのない質問を発した。葉子の視線が、川奈と沙織を交互に見比べた。

「はい、三十四歳になります」

ええっ、七つも歳下！

それは知らなかった。が、半分眠っていた川奈の脳味噌は、俄然《がぜん》、興味を覚えて覚醒した。

「同棲《どうせい》しているんですか」

「いいえ、でも、同じマンションに住んでいまして、それが、夜中でも朝方でも、断りもなしにわたしの部屋に入ってきて、あの、ベッドに潜りこんでくるのです」

彼女の着ているワンピースは、淡いブルーのモノトーンで、胸の膨らみはほとんど見られない。

夜中でも早朝でも、黙って侵入してくるのだから、合鍵は渡してあるのだろうが、三十四歳の恋人にしてみると、刺激的な夜這いの快感を味わっている節もある。

「お付き合いが始まって、何年ほど経ちますか」

川奈は追加して聞いた。

「はい、六年ほどです」

ということは、男の年齢は二十八のころで、際限のない性欲は、三十代半ばに達していた彼女の肉体に溺れていったのだろう。同じマンションを住まいとしていたことはとても手軽、便利で、男の肉欲をしょっちゅう焚きつけたのかもしれない。

結婚でもなし、同棲でもなし。が、欲望が噴火したときは、時間に関係なく同衾できたのだから、これほど都合のよい女体はない。

「ちょっと深入りしますが、彼が忍びこんできたとき、葉子さんは気持ちよく受けいれていたのか、それとも、ちょっと面倒でも、仕方ないと相手をしていたのか、どちらですか」

ふいを突かれたような目つきになって、葉子は沙織と琴乃を追った。ほんとうのことを話してもいいのでしょうか、というような表情である。

「お仕事で疲れていたりしたら、今夜はゆっくり寝かせてちょうだい、って、言いたくなるわね」

答えたのは沙織だった。

「ほとんど毎日ですから、またわがままな坊やが来たと、好きにさせているんです」

葉子は投げやりな口調で言った。

「惰性ですか」

はい。声を落として葉子は短く答えた。

「うらやましいわね」

代わって声をあげたのは、琴乃だった。

「うらやましい、とは？」

川奈は琴乃に向かって声をかけた。

「だって、毎日でしょう。夫がわたしを構ってくれるのは、月一《つきいち》かしら。それもおざなりで、今はやりの時短なんですよ、始まってから終わるまで、長くても十分とかかりません」

「ご主人はおいくつですか」

川奈は葉子に発した同じ質問を、琴乃に向かって投げた。

「四十三歳です。長距離バスのドライバーをしています。たまに家にいるときは、わたしよりゲームのほうが愉《たの》しいらしくて、朝方まで飽きずにスマホと睨めっこしているんですよ」

四十一歳の女と三十四歳の男。一方の夫婦は二十七歳の妻と四十三歳の夫。バランスが悪いのだ。いっそのこと、スワッピングでもやってみたらいかがですかと、無責任な提案をしたくなった。

相手が変わったら、お互いに違った刺激を受けて、生きがいを感じるかもしれない、と。

ジーパンを穿いていた琴乃は、長い足を組んだ。まだ世の中は寒い夜もあるというのに、半袖のTシャツの胸には、スヌーピーの絵柄が染められていて、胸の盛りあがりは、一見して豊かである。

が、二組《ふたくみ》のカップルに実際を知らされても、あまり興味が湧いてこない。依然として、男のエキスを貯蔵するタンクは、エンプティに近いからだ。

「わたしは結婚して四年ほどでしょう。半分くらいは惰性の日々でも、わたしには悦びとか、期待とか、夢がありますから、毎日の生活は充実しているわね」

言葉を挟んできたのは沙織だった。

「ねっ、ねっ、悦びって、なに？」

オウム返しで尋ねたのは葉子だった。

「心の恋人、ううん、違うわ、永遠の憧れの男性がいるの。主人よりずっと素敵で大事な人」

「えっ、憧れの人！　昔の恋人、とか？」

反復したのは、セックスレスに陥《おちい》っているらしい琴乃だ。

「ご主人に内緒で、ときどきデートしているのね」

葉子が追求した。

「一年に一度しか会えなくても、その人のことをいつも忘れないでいると、毎日の生活が充実するわね。それにね……」

そこで言葉を切って沙織は、グラスに残っていたワインを、喉を鳴らして干した。

「それに、なによ？」

葉子と琴乃がほぼ同時に声を出した。

「ものすごく恥ずかしいのよ。でもね、みなさんに白状します」

川奈もつい生唾を飲んだ。まさか、おれとの関係をばらそうとしているのではあるまいな、などと、ちょっとうぬぼれて。

「あのね、すごく効果的なのよ、ストレスを感じているときなんか」

出し惜しみをしているような沙織の物言いに、二人の女は膝を乗り出した。

へーっ。あまり気にしていなかったが、葉子の両膝がわずかにゆるんで、ワンピースの隙間から内腿の丸みが、ちょっぴり顔を覗かせたからだ。華奢な体型と見ていたが、太腿の肉づきはむっちりと、しなやかで。

「わたし、その人のことを思い出しながら、あのね、自分で慰めてあげるの」

「ええっ、自分で！」

声をあげて川奈は、沙織の横顔を睨んだ。

自分で慰めるとはすなわち、自慰に耽っているということに相違ない。

「空想とか妄想が広がっていって、気持ちいいのよ。思わず、声が出てしまうほど」

「ほんと！」

甲高い声が琴乃の口から飛び出した。

「でもね、わたしの憧れの男性は、最近元気がなかったの。久しぶりに会っても、役に立たない、みたいで。それでも、彼の元気のいいときを思い出しながら、自分の躯をいたわってあげると、夢の世界で彼は力強く回復してきて、わたしの躯の一番奥まで入ってきてくれるのよ」

うーん、黙って聞いていたら、おれの恥を女子会で大宣伝しているようで、だんだん気が重くなってくる。

が、川奈は鋭い視線を二人の女に向けた。

驚いている様子だが、拳《こぶし》を作った両手を太腿に乗せ、じっと聞き耳を立てているのだ。

ひょっとすると。この二人の女性も同じ指技《ゆびわざ》の経験者かもしれない、と。

「ねっ、ちょっと教えて。あのね、自分で慰めてあげるときは指で？　それともオモチャを使うとか？」

興味津々《きょうみしんしん》で聞いたのは、セックスレスに陥っている琴乃だった。

ますます怪しい。オモチャの存在を知っている。

「オモチャは嫌い。無機質で固い感じがして。手ざわりだって、本物とは全然違うでしょう」

「そ、そうよね。異物が入ってくるんですもの」

やっぱり、そうだったのか。

セックスレスの日々は、指技を導入するのが、もっとも簡単だろうし、事が表に出にくい。箪笥《たんす》の片隅にオモチャが転がっていたら、いかな怠け者の亭主でも、心穏やかではいられないだろうから。

「ねえ……」

それまで黙っていた葉子が、短い言葉で口を挟んできた。

「思い出したんでしょう、葉子さんも」

追求したのは沙織だった。

思い出した、とは、なにを?

川奈は二人の女性を、交互に見やった。

「ねえ、今夜は素敵なゲストをお招きしたんですから、そろそろ始めましょうか。こんなチャンスは滅多にないわ」

さりげなく葉子の口から出てきた言葉を、川奈は腹の中で反芻《はんすう》した。始めましょうよ、とは、なにを始めるのだ? ワインの乾杯はすでに終わっている。

「わたしはもう、準備ができているわ」

すぐに沙織が反応した。

釣られて琴乃が、小さくうなずいた。

「みなさんにお聞きしたいんだが、なにを始めたいのかね。夜も更《ふ》けてきたというのに」

川奈は様にならない質問を発した。女子会のメンバー全員の、六つの目玉が妙にぎらついているようで。

三人の女性は、順繰りにお互いの表情を追った。

薄い栗色に染めたロブカットの髪に指先をすき入れ、掻きあげたのは、琴乃だった。

「先輩は座ったままでいいんです。動かないでくださいね」

妙に真面目顔になった沙織が、念押ししてきた。

「それはまあ、三人の女性の総意だったら、静かにしているよ」

「決まりました」

甲高い声を発した沙織は、いきなりソファから立ちあがって、ドアの横に走って、スイッチを押した。

あっ！　なにをするんだ？　川奈はわずかに身の危険を感じた。天井に吊るされていた蛍光灯が消え、部屋の片隅に置かれていた足の長いスタンドが、ぽっと灯って、淡いオレンジ色の光が、ソファの周辺をぼんやりと照らし出してきたからだ。

腕力にはそれなりに自信があったが、三人の女が束になって飛びかかってきたら、さすがに力負けする。川奈は下腹に力をこめ、密かに構えた。

「川奈さんはソファに座ったまま、ワインのお味を愉しんでいてください。逃げたらいやですからね」

沙織の口調は強かった。

ほぼ同時に、三人の女は、三方に散らばった。

ややっ！　最初に行動に出たのは、葉子だった。たった一人でも、男の目がすぐそばにあるというのに、モノトーンのワンピースを、なんのためらいもなく、するするっと頭から抜きとっていったのだ。

今ある状況は、初めから計画されていたに違いない。仲間の一人がいきなり半裸になったというのに、他の二名に驚きの表情はない。

ワンピースの下は、薄紫の小さな布切れが二枚のみ。いや、太腿と途中で切れているストッキングが、細身のわりに実っている下肢を、実に色っぽく演出しているのだった。

ええっ！　川奈の驚きの目は、左右の女二人を追った。

左にいた琴乃の下半身から、わずかな息づかいと一緒に、するりとジーパンが消えたからだ。ほぼ同時に、右に座っていた沙織のブラウスが腕から抜けた。

うーん……！　この一連の動きは、かなり綿密に練られた女三人の、色仕掛けとも思えるパフォーマンスである。

川奈の目は恐ろしく忙しくなった。

とりあえず、沙織はどうでもよろしい。

ジーパンを脱いだ琴乃の股間が、目に飛びこんできて。スヌーピーの絵模様を染めたTシャツの裾から、ちょっぴりはみ出ている逆三角形の薄布は、艶のある漆黒。

自分の下半身を誇張するかのように、琴乃は股間を迫り出した。

薄布がむくりと盛りあがった。肉厚である、ような。

（あっ、そんなに急がなくてもいいのに）

川奈の目は、葉子に向いた。彼女の手が背中にまわった。ブラジャーのホックをはずしたのだ。

淡いオレンジ色の採光が、パンツ一枚になった裸身の凹凸を、妖しげに浮きあがらせたのだった。まさに、熟女の艶である。

無意識に川奈はテーブルにあったワイングラスをつかんで、呑みほした。喉がからからに乾いていた。

ややっ！　そのときになって、やっと川奈の目は沙織に向いた。

こうした場合、せっかちな子だと表現していいものか、どうか。いつの間にか沙織はスカートを脱ぎ、床に仰臥していたのである。

これっ、そんな恰好になって、恥ずかしくないのか！　強く叱責《しっせき》したくなった。仰向けに寝た沙織は両足を高々と掲げ、白っぽく見えたパンツを、なんのてらいもなく巻き上げた。

しかも、剥き出しになった股間を、川奈に向けて、だ。

（ついさっき、お邪魔したばかりだろう）

沙織に言いきかせたつもりだったが、川奈ははっとして、目を凝らした。その肉の内側には、ついさっき、自分でも信じられないほどおびただしい男のエキスを、どくどくっと吐射したばかりである。部屋に戻ってから、沙織はトイレに行った様子もなかったし、もちろん、シャワーも浴びていない。だとすると、肉の奥底に滞留しているかもしれない男のエキスが、逆流してくる可能性もある。

（それだけはやめなさい）

声をかけて、ティッシュペーパーの数枚でも緊急手渡ししてやりたくなったが、まわりの状況が鬼気迫っているせいか、手足が自由に動かない。

「それで……、これから、なにが始まるのかな」

川奈はやっと声をかけた。

女子会のリーダーらしい葉子に向かってだ。

「あなた様のご自由に」

葉子は短く答えた。

「沙織さんから聞いたんですよ。尊敬する先輩が全然元気がなくてかわいそうだから、手助けしてください、って」

「手助け？」

「先輩はまだ六十四歳になったばかりなのに、すっかりしょげてしまって、昔の面影がなくなってしまった、と。それでね、わたしたち二人に協力を求めてきたのです」

しっかりとした口調で詳しく説明したのは、一番歳下の琴乃だった。

「しかし、葉子さんも琴乃さんも、あなたたちの人生を左右するような、むずかしい問題に直面しているんじゃないのか」

「そんな面倒なことも、今夜は忘れて、みんなで愉しみましょうという話になったんです」

葉子が最後を締めた。

ちょっとおかしい。三人の女の密談した結果の催しだったら、男として、これほどうれしいことはないが、沙織は先手を打って、カーセックスに及んできたのだ。今さら、手助けされることはない。おれは自立したのだと、川奈は胸を張りたくなった。

しかし、こうした場合、おれはどうすればいいのだ?

川奈はますます悩んだ。

目の前には三人の、それなりに魅力的な女性が半裸になっている。

3Pならぬ4P! ずいぶん以前、通いなれたソープランドで、3P戯びに興じたことはあったが、相手の女性はプロフェッショナルだった。客の自分は、仰向けになって寝ていたら、事は勝手に進んだ。

だが、淡いオレンジ色の、どこか淫靡《いんび》なる雰囲気の部屋に対峙《たいじ》している三人の女性は、ど素人である。

が、せっかくのもてなしを、きっぱり断る理由もないしな、と、川奈は深く思案して、憮然《ぶぜん》と腕を組むしかなかった。

第五章　一番搾りは誰の手に

女性の容姿は、ヘアスタイルで一変することもある。

長い黒髪を頭の後ろに丸く結い上げていた葉子が、なにを思ったのか、その髪をはらりとほどいた。肩のまわりに散らばった髪に、ピンクのマニキュアを施した指先をすき入れながら、葉子はゆらりとソファに突っ伏した。

わざとらしく、臀を高く掲げて、だ。

結婚に迷いがあることは別として、四十路《よそじ》をすぎて、常識、良識のある婦人と見ていた葉子の、あられもない姿が、川奈誠二の胸の奥に小さな風穴を空けた。大人しそうな面立ちなのに、やることは驚くほど大胆じゃないか、と。

乱れた髪の隙間から、あたりをそっとうかがう眼差しと、火花を散らしてぶつかった。

（おれに挑んでいるのか）

色仕掛けで。川奈はそう理解した。

彼女の目的はわからないでもない。

六十代の半ばに達したばかりの男の人が、まるで役立たずの老人になってしまったのよと、沙織に焚きつけられたのだろう。卑猥な恰好になって、消えかけた老人の埋み火《うずび》を、もう一度赤く燃えさからせてあげますわよと、健気な演技をしているとも受けとれる。

確かに妖しげである。

薄紫の二枚の薄布から、今にも生身がはみ出してきそうなほど、窮屈そうなデザインのパンツは、臀の頂を真っ二つに断ちわり、その布先は肉の割れ目の奥底に吸いこまれているのだ。

少し皺になっているその布は、ちょっと湿っているであろう柔らかそうな肉筋に、深く食いこんでいるに違いない。

「ねえ、琴乃さん」

頬のまわりに散らばった髪を、指先で横にずらした葉子は、隣に座っていた琴乃を呼んだ。

（なんだ、おれを呼ぶんじゃなかったのか）

ややがっかりしながらも、川奈は二人の様子をうかがった。

すぐさま葉子の横まで膝をずらした琴乃は、なんとまあ、なんのためらいもなく、薄紫のパンツの脇からもれ出している生臀に手のひらを添え、指先で揉みつけるようにして、そっと撫でまわしたのだった。

（ええっ、二人は同性愛者だったのか！）

川奈の目にはそうとしか映ってこない。

琴乃の手つきに慣れがあった。そろりそろりと葉子の臀をさすりながら、彼女の背中に手をまわし、ブラジャーのホックをはずしたのだ。

ふたつのカップが、はらりと剥《は》がれおちた。

小ぶりのほうだろうと見ていた乳房だったが、突っ伏しているぶん、その膨らみは、それなりのボリューム感を蓄えている。

しかも、赤茶に色づく乳首を、つんと尖らせて。

（これから、なにが始まるのだ？）

同性愛者の、それも素人衆の慰めあいなど見たことがない。

思わず川奈は、いつの間にか口内に溜まっていた唾を、まとめて丸飲みした。かなり昂奮している証である。

そもそも沙織は、いつ参戦するのだ？　興味の目を沙織に向けた。瞼を目いっぱい広げ、沙織はこっそりウインクを送ってきたのだ。

あーあっ、なげかわしや。股間の黒い茂みは、逆三角形をさらしものにしたままである。

ふーん……、まるで動じていない沙織の表情から察すると。目の前で繰りひろげられている同性愛プレイは、やはり、三人の間で念入りに仕組まれた演技に違いない。

「ねっ、琴乃さん、わたしたちはお邪魔になるだけですから、シャワーをしましょうよ」

一瞬、川奈はわが耳を疑った。ひと声かけた沙織の言葉に、だ。

彼女のフレーズを自分なりに解釈すると、パンツ一枚になった葉子をこの部屋に残し、沙織と琴乃は退室する手はずを取ったのだ。

これから三つ巴の同性愛プレイの、乱恥戯が始まると期待していたのに。

川奈は視線を返した、一人取り残されそうな葉子に。が、あわてる様子はかけらもない。横座りになって、両手で乳房を隠し、なに食わぬ微笑みを浮かべているのだ。

その落ちつきぶりを見ていると、相手は半裸でいるというのに、自分も急ぎ退散したくなった。

こちらの準備は、まるで整っていないのだから。

が、この家は案内不如意《ふにょい》の他人の家だった。

逃げるわけにもいかないし、おれも一緒にシャワーをさせてもらうと、部屋を飛び出すこともできない。

「それじゃ、行きましょう、琴乃さん」

再度、声をかけた沙織はさっさと立ちあがり、なめらかな弧を描く臀部をぷりぷり振りながら、ドアから出ていった。

誘われた琴乃も、風の如く去っていって。

「弱ったことになりましたね」

取り残された葉子にかけた川奈の声は、しどろもどろになった。

「わたし一人では、ご不満ですか」

両手で胸を隠したまま葉子は、膝で歩いて川奈の真ん前に傅《かしず》いた。

「いや、決して不満ではないんだが、ついさっき会ったばかりのきれいなご婦人と二人っきりになって、しかも、相手がパンツ一枚の姿では、どこを見ていいのかと、すっかり迷ってしまってね。ぼくはそれほど図々しい男じゃないんだし」

「あら、琴乃さんがわたしのお臀を撫でてくれたとき、川奈さんの目は、わたしの躯を、それは興味深そうにご覧になっていましたわよ」

敵のほうが役者は上である。余裕しゃくしゃくで。

「まあ、それは、その、これから珍しい余興が始まるのかと、期待していたのかもしれない。しかし相方が急にいなくなっては、葉子さんも寂しかろうと、ぼくなりに心配しているところなんだ」

腋の下にじんわりと脂汗が滲んだことを、川奈は感じた。

今まで経験したことのない緊張感に襲われて、だ。

「琴乃さんの代わりに、川奈さんが相手をしてくださってもよろしいのよ」

葉子の膝が動いた。二人の空間を詰めてくる。川奈の両膝を押し分けるようにして、半身をすべり込ませてきたのだ。

おいっ、やめなさい！　川奈は声をかけたくなった。それまで胸を覆っていた彼女の両手が乳房から離れ、ソファに座っていた川奈の太腿に、そろりとかぶさってきたからだ。

半分、腰を引いてしまったが、視線は卑《いや》しくなっていた。

(きれいな乳房をしている)

手のひらサイズで、小ぶりであることは間違いないが、なめらかな曲線は、
内なる肉がみっしり張りつめていることを見せつけてくる。

つやつやと光って見える薄い皮膚はたおやかで、悩ましい。

許可が出たら、そろりと、撫でまわしたくなるほど。

そのときふいに、ぴくんと尖る乳首の勃起加減、色あいが、まだ初動を開始していなかった男の肉に、昂ぶりの周波を送った。

筒先をわずかに跳ね上げて。しかも、全裸同様の女体から、ふわりと立ちの

ぼってきた芳香が、鼻の穴をくすぐってきたのだ。

（偉い！）

川奈はこっそり、己を誉めてやりたくなった。

たった一時間ほど前、沙織を相手に、体内に溜まっていた男のエキスのほとんどを放出したというのに、己の肉体は早々に反応しているではないか。相手が変わっただけで、やる気を起こしているとは、見あげたものである。

男の肉の躍動は、自然初動が基本である。

こらっ、勃てっ！　と己の肉体を叱咤《しった》激励《げきれい》し、鞭《むち》を打ち、無理やり勃ちあがらせては、膨張は不充分だし、長持ちしないこともある。

それもこれも、房総半島のぶらり旅で、偶然出会った宿の女将兼女船長との、実り多い交合の賜物《たまもの》ではないだろうか。いい加減な精力剤などとは比較にならない効果がある。

事実、男の肉の根元に熱い血の通いを感じた川奈の行動が、やにわに積極的になった。そちらがその気なったなら、おれもやりたいようにやらせてもらいますよ、と。

太腿に乗せてきた彼女の手を拾って、ぎゅっと握った。

ああっ……。ひと声発した葉子の顔が、ほっそりとした首筋を反らして向きあがってきたのだ。真紅の口紅を施した唇を、半開きにして。しかも強く握った彼女の手のひらは、じっとり汗ばんでいたのだ。

真っ白な小粒の歯並びは、清潔感があって美しいが、発情しているらしいことも間違いない。

「ひとつお聞きしたいことがあるんだが、正直に答えてくれませんか」

握った手を強く引きよせて、川奈は声を沈めた。

「ああん、なにを？」

「同じマンションに住んでいる恋人というのか、セックスフレンドと六年も付き合っているらしいけれど、その間、葉子さんはほかの男とまじわった、すなわち、浮気をしたことがありますか」

「えっ、浮気……？」

「そう、そのとおり」

「でも、彼と恋人の契約を交わしているわけでもなし、もちろん、婚姻届も出していませんから、ほかの男性となにをしても、浮気という表現は当たりませんでしょう。だって、たった今も、わたしはこんな恥ずかしい姿になって、今日、初めてお会いした男性に抱かれかけているんです。今のわたしは浮気をしている女でしょうか」

理路整然とした回答だった。

なるほどね。川奈は半分理解した。

この女性はこの六年ほど、さまよっているのだろう。幾人かの男とまじわりながら。が、いずれも帯《おび》に短し、襷《たすき》に長し。

「ぼくの目の前で裸になって、同性愛者の真似事をしたのは、ぼくを昂奮させようとしたから？」

川奈は正面突破を図った。

この疑問だけは、しっかり解きほぐしておかなければならない。

「沙織さんのお話では、川奈さんはすでに男性を卒業されたとか。それで、三人で話し合いました。卒業するのは、早すぎるでしょう。三人で協力して、お元気になっていただきましょう、と。だって沙織さんは、数年前の出来事……、ですから、彼女が結婚する前に、川奈さんと会って、素敵な一夜をすごした日のことを、それは自慢そうに惚気《のろけ》て、とても詳しく打ち明けたんですよ。それも何度も。愉しいお酒の肴にして。わたしだって、興味がつのります。どんな方なのか、と」

「彼女は見合い結婚だったから、ずいぶん悩んでいたようだ」

「でもわたし、感激しました、川奈さんの勇気に」

「えっ、ぼくの勇気に？」

「はい。だって沙織さんのお相手は、副頭取の息子さんだったんでしょう。好き嫌いは別にして、沙織さんにとっては玉の輿《こし》のお話だったはずです。そんな恵まれた結婚を前にする女性を、さっさと横取りするなんて、男性の勇気とか根性の代表だと思います。わたし、川奈さんに憧れてしまいました」

うーん、思い出してみると、あの当時は文字どおり、やりたい放題だった。

事の善悪はほとんど無視して、だ。

そんな自分が、定年退職を機に貞節なる夫に変身しようと目論《もくろ》んだことが、そもそもの間違いだったのかもしれない。

結果は、役立たずの体たらくに落ちぶれ、その上、陰毛に白い毛が数本混じっているだけで恐れおののき、人生の終焉を迎えたような悲惨な思いに浸っていたのである。

「光栄ですね、あなたほど魅力的な女性に、憧れてもらって」

裸体をさらす熟女に対しての阿《おもね》りではない。半分以上は本音である。

「わたしではご不満なんでしょう。やっぱり、沙織さんが適役だったのかもしれません。でも、順番はじゃんけんで決めたんですから、我慢してください」

「ええっ、順番とは？」

「川奈さんに元気になっていただく役回りを、じゃんけんで決めました。喧嘩にならないように、と」

「それで葉子さんが一番手で……、では、二番手は誰に？」

「わたしが最初にお相手をして、もし川奈さんがお元気になられたら、みんなでお祝いをしましょうと、企画したんですよ」

残念でした。本日の一番搾《しぼ》りはすでに、沙織の体内に吸いとられていた。

これからは二番搾り、三番搾りで、多少量目《りょうめ》が少なくなるかもしれない。が、この事実は、口が裂けても白状できない。

なにも知らない葉子の指が、川奈の手首を強く握り返してきた。

女の意地、最年長者のプライドをかけても、一番手の名乗りをあげようとする意気ごみが感じられた。

(さあ、どうしよう)

川奈は己に問いかけた。

が、彼女の気合いに触発されたところもある。

新しい活動が始まる兆《きざ》しが、男の肉の根元に、脈々とした蠕動を奔らせたのだ。おれも大した自信家になったものだと自惚れながらも、そう簡単に熟年美女の軍門に下っては、ほかの女性ががっかりするかもしれないと、己に強く言いきかせ、高まっていく気分を抑えた。

「でも、つまらないわ」

ややうつむき加減になって葉子は、長い睫毛《まつげ》をぴくぴくさせながら、ぽつりとつぶやいた。

「つまらない、とは?」

葉子は見上げてきた。切れ長の瞳に、わずかな潤みを浮かせて。

「だってそうでしょう。わたしは、ねっ、もうパンティ一枚になっているんですよ。それなのに川奈さんは、おさわりの手も伸ばしてこないし、それに、キスもしてくださらない。わたしは精いっぱい努力しているのに、全然、感じてくださらないんですもの」

半分は涙声になっている。

「実を言うと、慣れていないんだ。いや、忘れてしまったのかな、女性を愛撫する手段を。手を握るのが精いっぱいなんだ」

「いいえ、違います。四十路を超えたおばさんの躯は、魅力的じゃないんですね。琴乃さんと代わりましょうか。彼女はまだ二十代ですから」

ずいぶん僻みっぽい言葉が、つぎつぎと口をついてくる。

「ぼくはわりと臆病な男で、変なことをすると嫌われるかもしれないと、手が出せないんだ」

「まあ、それほど臆病な方が、嫁入り直前の女性を横取りされたんですか。沙織さんは言っていました。一緒にお風呂に入ったら、川奈さんは急に目の前に立ちはだかった、とか。とても立派だったそうですよ、目を瞠るほど」

「まあ、それは五年近くも前のことで、そのときはまだぼくも元気だったんでしょうね」

「いいわ。わたし、気張ってみます」

葉子は眦《まなじり》を決したが如く、目尻を吊り上げ、声を大にした。

「気張るって、なにを?」

相当なる剣幕に、川奈の腰はややずり下がった。

「今はまだ、お元気じゃないんでしょう」

「まあ、それは、葉子さんのご推察のとおりですよ。事の展開があまりにも予想外だったので、おたおたしているというのか。したがって、小さく畏《かしこ》まっているというのが実情です」

「いいわ、わたしがんばります。ですから、あん、セーターとシャツを脱いでください。おズボンまで脱いでくださいとは、申しません」

しょうがない。だいいち拒否する理由は、どこにもない。悩ましい女性に甘い声でおねだりされたら、たいていの男は素直に言うことを聞く。

言われるままに川奈は、セーターと肌着を頭から抜き取った。一瞬、葉子の視線に鋭く睨まれた。睨んできた先は、分厚い胸板だった。

「きれいなお肌……」

葉子の声が風に吹かれたように、ふわふわと漂って聞こえた。

「下半身はだらしないのに、上半身はまだそれほど衰えていないつもりなんだけれど。この歳になって、ぼくの躯はアンバランスになってしまったらしい」

口から出た言葉は、彼女の同情を誘いたいのか、僻みっぽくなっていた。

川奈の太腿の隙間で横座りになっていた葉子が、唇を噛みしめて膝立ちになった。右手を伸ばしてきた。筋肉の衰えていない胸のまわりに、指先をそっとあてがって。

「わたしと同じマンションに住んでいる彼とは、全然違います。あの人はまだ三十代半ばの若さなのに、躯つきが弱々しいんですよ。肌も色白で。でも、川奈さんは筋肉隆々《りゅうりゅう》です」

「見かけ倒しになってしまったのかな」

「いいえ、大丈夫です」

ひと声発した葉子はいきなり背筋を伸ばし、乳首を目がけて唇を寄せてきたのだった。ちゅっと音を立てて粘着する。つつっと吸われた。吸引力が強い。思い出した、沙織は言っていた。葉子さんはおちょぼ口で、日本人形のようにかわいらしいお顔なのよ、と。

が、そのおちょぼ口の吸う力がかなり強く、乳首が引き伸ばされる。

唇を寄せてくるだけではない。余っていた手を、もう一方の乳首にあてがい、こねてくる。川奈はつい目を閉じた。つーんとする快感が、両の乳首から全身に拡散していったからだ。

男の急所を知っている唇だ。吸う力、舐める舌先の動き方が実に巧みで。

ああっ！　小さな声をあげたとき、固く閉じていた瞼が、かっと見開いた。どこからか伸びてきた彼女の手に手首をつかまれ、引きよせられたからだ。

「優しく、して」

乳首から唇を離した葉子がささやいた。

引きよせられた先は、ゆるやかな盛りあがりを描く乳房の頂。ぽつんと尖った乳首が、指先で転がった。固くしこっている。

ふたたび彼女の唇が乳首に重なった。唾液をたっぷり載せた舌先で、乳首をこねてくる。

(男の自分が女性の乳首を指で撫でているなんて、失礼ではないか)

だいいち不公平である。

川奈は急ぎ、ソファからすべり下りた。膝立ちになっている葉子の腰を抱きしめ、固く尖った乳首に、唇を寄せた。ひと舐めして、唇に挟んだ。指でさわったときよりずっと、そのしこりようが正確に伝わってくる。

唇の内側で跳ねてくる。

「あーっ、いい。お上手ね」

葉子はうめいた。乳首から唇を離し、胸を迫りあげて、だ。

今日の一番搾りはすでに、沙織の肉体に搾取《さくしゅ》されていた。二番搾り、三番搾りが誰の手に落ちようと、どうでもよろしい。

そう考えた瞬間、川奈の右手は葉子の腰まわりからすべり下り、たった一枚残っていた極薄のパンツに包まれた臀部を囲った。

指をいっぱいに広げ、揉みあげる。うーん、さわり心地は抜群である。決して大きいほうではないが、弾力性に富んだ肉づきは、指先を飲みこんだり、弾み返してきたりして。

「ねっ、ねっ、少しくらい、わたしの気持ちがわかってくださったのね。あのね、お臀の内側のほうから、お肉が盛りあがってくるんです。いいえ、違いました。熱くなってきます、あなたのお指が動くたび」

臀の内側とは、どのあたりだ？　深く考えるまでもない。

その地点を求めて川奈は、指先を潜らせた。

ううんっ！　生温かいだけではない。じっとり湿っている。指先に伝わってくる感触は、ぬるぬる、ぬめぬめ……。女の肉溝から滲んできた粘液が、臀の割れ目の奥まで伝いおちているらしい。

(濡れているんだ)

川奈の指はさらに奥に向かって、侵攻する。

「あーっ、どこまで入ってくるんですか」

抗《あらが》いの声をあげながらも、葉子の太腿は膝を左右にすべらせ、隙間を作った。もっと中に入ってきてくださいという、無言の訴えである。

ここまでやってしまうと、たとえ薄布一枚でも邪魔になるだけだ。

入りますよ。腹の中で断りを入れた川奈の指は、股間に食いこむ細い布を掻き分けて、忍びこんだ。

「あっ、あっ、あっ、そ、そこは、いけません。いえ、でも、もっと」

切れ切れの声をもらした葉子の顔が、川奈の肩口にどっと倒れこんできたのだった。激しい息づかいが苦しそう、である。

今の昂ぶりを抑えられないらしい。川奈の胸板に指先を食いこませてくる。少々痛いが、今は我慢するときだ。

「葉子さん、濡れていますよ」

川奈は彼女の耳元にささやいた。

「あん、もう、さっきから、よ」

「うれしいですね。この濡れようは、ぼくの躯を大歓迎してくれる証拠でしょうからね。生温かいぬめりが指先に染みこんできて」

「ああん、そんなことをしたら、琴乃さんと沙織に怒られてしまうわ。ぬけがけは約束違反になります。でも、ねっ、川奈さんもお元気になられたんですか」

「確かめてくれませんか、葉子さんの手で。元気になったかどうかを」

「あーっ、猥らしい。沙織さんのお話とは、全然違います。女性の躯にはまるで反応してくれないって、嘆《なげ》いていらっしゃったのに」

「きっと、悩ましい葉子さんの躯に、目を覚ましたのかもしれない。さ、どうなっているか、手を入れて」

彼女の手を招きいれようと、川奈は中腰になってズボンのベルトをほどき、ファスナーを引きおろした。

が、次の瞬間、川奈ははっとして、手を止めた。

沙織との車戯《くるまあそび》の後始末をしていなかった。まさかこんな破廉恥な歓迎式典が待っているとは思ってもいなかったから、である。

ひょっとすると、後漏《あとも》れの粘液がこびり付いているかもしれない。

(どうしよう?)

一瞬のためらいは、葉子の積極性に打ち負けた。

彼女の手は瞬時を惜しんで動いた。トランクスのゴムを掻いくぐって、するりとすべり込んできたのだった。

あっ！　小さな叫び声をあげた葉子の手が、目的地に到達した瞬間、まさに手のひら返しで引きかえした。葉子の目が吊りあがった。

「お、大きくなっていました、びっくりするほど。うそでしょう、ああっ、そうだわ、沙織さんはわたしと琴乃さんを騙《だま》したのね」

トランクスのゴムまで引いた手が、下腹をすべるようにして、ふたたび、目的地に向かって降下した。

怖いもの見たさ、さわりたさのような手つきである。

筒先に当たってきた彼女の指が、激しく震えた。

川奈自身も、どれほど巨大化したのか、はっきりとした感覚はない。

だが、肉筒の中心部にわずかな痛みを感じているほどだから、かなり膨張したらしい。川奈はまた、自分を誉めてやった。男のエキスはエンプティだったはずなのに、形ばかりの前戯で、男の肉はそそり勃ったのだから。

男の力がよみがえっている、間違いなく。

「葉子さんの優しい乳首接吻が、勇気づけてくれたんですよ」

「それに、少し濡れています。ねっ、見てもよろしいでしょう。さわっているだけなんて、寂しい」

（さて、どうしようか）

今ここでズボンもトランクスも脱いだら、部屋を出ていった二人の仲間が怒るかもしれない。先陣を取られた恰好になるからだ。

しかし、見せるくらいは許される。減るものじゃない。だいいち、二人の女性が声もかけずに入ってくることもないだろう。それに、自分の目でも確認したくなっていた。

この短時間で、どれほど回復したのか。

「脱ぎますよ」

断りを入れて川奈は、ソファに座りなおした。

腰を浮かし、ズボンを引きおろす。なんとまあ！　トランクスの前が大きく膨らんでいたのである。筒先の形状をむっくりと浮きあがらせて。

膝立ちになった葉子の瞼が、波を打った。

まばたいているらしい。異物の正体を見極めようとしてか。

数秒して、葉子は声を嗄《か》らした。

「あーっ、揺れています。やっぱり沙織さんは、うそつきだったのね。大きくならないの、かわいそうなほど、なんて、言っていたのに」

うそつきじゃない。沙織と会ったその夜は、文字どおりの無反応だった。おれの躯はこれほど衰えてしまったのかと、悲嘆にくれた。

が、今は元気溌剌《はつらつ》。しかしこの変化を正直に打ち明けても、誰も信用してくれまい。それほど劇的に回復しているのだから。

(あとはどうなるか、おれは知らん！)

腹の中でつぶやいて川奈は、ひと息にトランクスを引き下げた。

まさにトランクスのゴムを弾いて、突きあがったのである。怒髪《どはつ》天を突く勇ましさで。

葉子の目が、ぱちんと音を立てるほどの勢いで見開いた。

「あなたは、どなた？　沙織さんに聞いた川奈さん、じゃないでしょう」

言葉が終わったのと同時に、葉子はごくんと唾を飲んだ。

「わりと勢いがありますね」

川奈は他人事のように評価した。非常に照れくさいからだ。ついさっき会ったばかりの美人さんの前で、恥も外聞もなく、男の局部をさらしている自分の姿が、だ。

が、原因は間違いなく、男の肉の回復にある。慎ましやかに萎《しお》れたままだったら、こんな勇気は湧いてこない。

「わたし、あなたの乳首にキスしただけですよ。それなのに、ねっ、どうして？」

葉子の声は震えていた。川奈の剥き出しの股間に視線を送っては、ふと天井を見あげたり、唇を噛んだりと忙しい。そのしぐさは、まるで落ちつかない。

「葉子さんのパンツの中が、生温かく濡れていたんですよ。葉子さんもエキサイトしていることを知って、こいつも負けずに勃ちあがったのでしょうね」

「血管が浮いています、ずいぶん太いの。あーっ、脈を打っているみたいです」

「新しい血液を送りつづけているのかな。酸欠にならないように」

緊張感が隠せない葉子の心境を慮《おもんぱか》って、川奈は冗談まじりで答えた。

「怒らないでくださいね。川奈さんは六十四歳とお聞きしましたけれど、ねっ、先端の……、ですから、亀の頭さんの薄い皮膚がきれいなピンクで、つやつやして、ねっ、お口を付けたくなってきます」

釣られて川奈は、用心深い視線を亀の頭に向けた。

カーセックスの残滓《かす》が、そのあたりに付着していないか、心配になって、だ。幸いなことに残り滓は見当たらない。しかし、滓はなくても、匂いが残っている可能性もある。

気付かれたら、それまでだ。

そう結論づけたとき、川奈は両の膝を左右に開いて構えた。

「うれしいですね、葉子さんの唇がいただける、とは。でも、その前に、ぼくにもお願いがあります」

「お願い、って？」

「たった一枚残っている薄紫の布を、取ってくれませんか。ぼくは中途半端なことが嫌いな性格でね。葉子さんの秘密の肉を目にしたら、こいつはもっと大きくなるかもしれない」

言って川奈は己の股間に目をやった。

垂直に勃ちあがっている。堂々と。自分の躯のどこに、これほどの力がひそんでいたのかと、不思議を見る思いで。

「でも、ああん、濡れています。汚れているんですよ。全部脱いでしまったら、少し匂うかもしれませんし。お嫌いでしょう、そんなの」

「いいですね。葉子さんの汚れや匂いは、ぼくにとって強力な発奮剤、興奮剤にしかならないでしょうから」

「あなたはどうしても、脱がせたいんですね」

「もちろん。さあ、早く」

川奈はせっついた。

覚悟を決めたのか、葉子の指先が薄紫の薄布のゴムに掛かった。一センチもずり下げていないのに、葉子はしょぼしょぼした目を向けてきたのだった。

「ねっ、お笑いになったら、わたし、泣きますからね」

「誰が笑うんですか。葉子さんはこれから一糸まとわない神聖なる姿になろうとしているのに、げらげら笑ったりしたら、天罰がくだるでしょうね」

「………」

声もなくうつむいた葉子は、薄布をするりと引き下げた。そして、股間を隠すように腰をひねったのだ。

あっ！　川奈は危うく驚きの声をあげそうになった。

ないっ、ないのだ。あるべきヘアが。

肉厚の丘には、一本の毛もなく、丘の下辺に切れこむ肉筋をあからさまにしているのだった。剃《そ》ったり脱毛したわけでもあるまい。生まれもった無毛症なのか。

「わたしの躯は、おかしいでしょう」

やっと口を開いた葉子は、無毛の丘を手のひらで覆って、目尻にもれた泣き笑いの涙をぬぐった。

「清潔そうですよ。余計なものはなにもなくて」

還暦をすぎたおじさんにしては、愚《ぐ》にもつかない慰めの言葉しか出なかった。

この女性にとっては、誰にも知られたくない秘密の肉体だったのだろうから。

自分の陰毛に数本の白い毛が混じっていたことなど、物の数ではなさそうだ。

「髪の毛はこんなに黒くて長いのに、どうしてでしょうか。自分の躯が恥ずかしくて、明るい場所で、ランジェリーを全部脱いだことなんか、ないんです」

葉子は打ち萎れた。

「恥ずかしがることなど、どこにもないでしょう。ぼくはね、今、急にやる気満々になってきましたよ」

「えっ、やる気って、なにを？」

「その清潔そうな丘に頬ずりをして、キスをして、舐めまわしたい、と。中のほうも生えていないんでしょう」

「あーっ、そんなことをお聞きにならないでください。だって、ほんとうに、全部、丸見えなんです」

むらむらっとした男の欲望が噴火した。すっかりしょげきっている彼女の胸のうちを救ってやるには、恥も外聞もすべて忘れてしまうほどの昂奮を共有することしかない。

なにしろ二人は全裸で、すでに後戻りできない状態に追いこまれているのだ。今になって、あまり気乗りしないから、衣服を着なおし、ワインの呑みなおしをしますか、などとは、笑い話にもならない。

全力で前進するのみ。

身の置き所がないような様子の葉子の背中を抱きかかえるなり、川奈はソファの上に引きあげ、仰向けに寝かせた。

あわてて葉子は膝を立て、横倒しにして、股間を隠した。

委細構わず川奈は、太腿を押しひろげ、こんもりと盛りあがる恥丘に唇をあてがった。

丁寧に髭を剃った頬のまわりを、そろりと撫でたような感じである。

太腿の付け根付近から、ふんわりと吹きあがってきた匂いは、ちょっと甘酸っぱい。酸味の利いたヨーグルトの匂いに似ている。

が、決して悪い匂いではない。

「あっ、あーっ、な、なにをなさったんですか」

首筋を反らして葉子は、くぐもった声をもらした。

言葉で表現するのはむずかしい。

行動で示すしかないのだ。

川奈は舌を出した。恥丘の下辺に切れこむ肉筋を目がけて、舌先を差しこんだ。行き場を失っていた彼女の手が、ソファを掻き毟《むし》った。指の動きに合わせ、股間を突き上げる。必死に刺激に耐えているような。それでも、少しずつ太腿を広げていく。

この女性の肉体は、男の愛撫を待ちわびているのだ。

肉筋の幅が広くなった。川奈は目を凝らした。

ヘアは一本も生えていない。やや赤らんだ肉筋の奥を、隠す手段はない。

(勃起しているじゃないか)

二枚の肉畝の突端に芽吹く、小さな肉魂が。

昂奮して肥大したのか、ヘアがないから大きく見えるのか定かでない。が、突出する肉の芽が、ひくひくとうごめき、白濁した粘液にまみれている事実を、川奈はしっかり見届けた。

肉の裂け目の幅が広くなったぶん、ゆらゆらと立ちのぼってくる匂いが、次第に濃くなってくる。

その匂いは、雄《おす》を発情させる雌《めす》の淫臭である。

(この女性は今、なにを待っているんだ?)

一瞬、川奈は考えた。

結論が出るまでさほどの時間はかからなかった。いや、正しい結論が出る前に、川奈は真上から覆いかぶさった。目的地は生白い肉の丘。その体位は男上位の巴取り《シックスナイン》。

唇を寄せた。

肉厚の丘にすり寄せる。唾液を載せた舌先を、肉の裂け目に差しこんだ。

「あーっ、いけません、そんなところを舐めては」

抗いの声をあげたのに、太腿を左右に広げて、葉子の腰は弾みあがった。

さらに口を押しつけ、肉の斜面に舌先を押しこんだ。

ヘアが一本もない肉畝の、ねっとりとした粘膜が、舌先でうごめいた。開いたり、閉じたりするのだ。濃厚な味わいが、舌先に染みついてくる。

汚れているとか、臭いなどは関係ない。男が本格的に昂奮したとき、善悪の見境はなくなるし、どのような味わいでも、美味に感じてしまう習性がある。

(おれの回復は、ほんものだ)

川奈は確信した。

「あっ、あっ、すごい！　あなたの舌が、あーっ、膣《なか》まで入ってきます」

声を嗄らし、腰を弾みあげて、葉子は喘いだ。

固く尖らせた舌先が、肉の裂け目の奥に向かって、ぬるりと嵌まりこんだ。

えっ！　そのとき川奈は、己の身体のどこかに、いや、背中や尻の周辺に異常を感じた。さすられているのか、舐められているのか。葉子の手が伸びてきたのではない。彼女の手はソファの端を、しっかり握りしめているのだから。

あわてて川奈は振り向いた。

「ああっ！」

いつの間に……。背後に近寄って、背筋に舌を這わせていたのは琴乃で、尻の頂をいたずらしていたのは沙織だった。

葉子の味わいに夢中になっていて、二人の女性が部屋に入ってきたことなど、まるで気づかなかった。

まさに不意打ちを食らった。

「なかなか呼んでくれないでしょう。なにをしているのか心配になって覗いてみたら、わたしたちのことなんかすっかり忘れて、お二人はひどい恰好をしているんですもの、あきれてしまいました」

半分は妬《ねた》みで、半分は二人を煽っている。声の主は沙織だった。その証拠に、目尻は笑っているのだ。

黙って入ってくるのは、けしからん！　と、怒鳴ることもできない。この家の主《あるじ》は沙織で、出入り自由だったから。

「ねっ、ねっ、見て。川奈さんのお肉。こんなに大きくなっているのよ」

つい今しがたまで、恍惚の悶《もだ》え声をもらしつづけていた葉子の、勝ち誇ったような声に、川奈はつい、じっと睨んでいた。ひょっとすると、今までの喘ぎようは迫真の演技だったのか、と。

ということは、おれはまんまと、甘い罠《わな》に引っかかっただけのこと。川奈の疑心暗鬼《ぎしんあんき》など関係ありませんといった様子で、二人の女は無遠慮に覗きこんできた。

その目つきは興味津々。

「今度は川奈さんが、仰向けになって寝なさい」

脅迫めいた声を出したのは、沙織だった。そして、すぐさまソファの背もたれを倒した。今の時代はなんでも便利にできている。あっという間に、大型のベッドに変化した。

「ぼくが、仰向けに？」

背後にいる女性二人を、川奈は改めて見なおした。

二人の衣装は変わっていた。シャワーを浴びたらしく、髪は濡れているし、ネグリジェ風の薄物は、足元まですっぽり隠しているのだった。

「葉子さんは伝えてくださったんでしょう。もし川奈さんがお元気になったら、お祝いをしましょう、って」

確認したのは琴乃だった。

川奈の躯に押しつぶされたように寝ていた葉子が、身をひるがえした。

「川奈さんはほんとうにお上手よ。あーっ、わたしの躯、痺れてしまって。ねっ、うそでしょう、川奈さんがすっかり元気を失って、しょんぼりなさっていたなんて」

葉子の詰問《きつもん》は沙織に向かっていた。

沙織はいたずらっぽく、ぺろっと舌を出し、川奈に小さなウインクを送った。

「葉子さんは、川奈さんのタイプだったのかしら。この前、お会いしたときは、ほんとうに力がなかったんですからね」

「でも、よかったわ。ほら、見て。仰向けに寝ている川奈さんを。わたしの主人よりずっと逞しくて」

実感のこもった声で琴乃は誉めた。

練りに練った三人の演技でも、騙されたにしても、文句を言う筋合いではない。ひと晩で二度も屹立した男の力のよみがえりに、川奈は大いなる自己満足に浸った。

もはや、素直に従うのが得策だ。だいいち、多勢《たぜい》に無勢《ぶぜい》である。見ようによっては無様な恰好だが、ベッドに変化したソファに、川奈は潔く仰臥した。三人の女の六つの目を、全身に受けとめて、だ。

「みなさんの言われるとおり、ぼくは従順に仰向けに寝ているんだが、これからなにが始まるんだろうか。お祝いをしてくれるんだろう」

居直っているわけではない。

それぞれが、それなりの魅力を備えた三人の女性を相手に、堂々と、ひるむことなく立ち向かってやろうと思う男の意気が、全身を漲らせてくるのだった。

三人の女が、顔を見合わせた。

二人の女は、淡いブルーと山吹色のネグリジェを着ているというのに、葉子のみが全裸というアンバランスが、なおさらのこと、川奈の欲望を焚きつけてくる。

いいか、今のうちに覚悟しておきなさい。あと数分もしないうちに、その薄物をきれいさっぱり剥ぎとって、三人を平等の姿にしてやる、と。

「男性の躯には、三つの官能ポイントがあるでしょう。上から唇、次はおっぱい、もうひとつが……、ああん、あんなに立派な形で勃ちあがっているお肉、よ。誰がその部分を味見させてもらうか、じゃんけんで決めましょう」

ええっ、またしてもじゃんけん！

新たな提案をしてきたのは、リーダー格の葉子だった。

が、彼女たちにしてみると、じゃんけんこそが、言い訳のできない勝負になっているのだろう。三人の女は無邪気に立ちあがって、輪を作った。誰の口からも不平、不満は出てこない。

やっぱり、ちょっとおもしろい。全裸のままでいる葉子の、無毛の丘が。妙に生々しく、卑猥なのだ。他の二人が奇異の目を向けないのだから、先刻承知しているのだ。

三人がいっせいに声をあげた。最初はぐー、じゃんけんぽん！

勝負は簡単に決した。勝者の順番は、一番が葉子、二番が琴乃、三番が沙織だった。

「ねっ、葉子さんはどこに？」

ちょっと焦った声で聞いたのは、琴乃だった。口元に小さな笑みを浮かべた葉子の指先が、いまだ勇躍としてそそり勃ったままでいる男の肉を指した。

本人にしてみると、当然と思っているに違いない。

目を瞠るほど大きくしたのは、わたしの力量と努力ですからね、と言いたげである。

「それじゃ、琴乃さんは？」

琴乃はしばらく考えた。ややあって、キスがいいわ、と答えた。負け頭の沙織は乳首当番しか残っていなかった。

「ちょっと聞くけれど、三人同時に始めてくれるのかな」

大いなる期待をいだいて川奈は、大真面目に問うた。

「もちろんよ」

沙織がきっぱり答えた。

「それから、もうひとつ」

「なんですか」

問いかえしてきたのは、葉子だった。

「その間、ぼくの手は閑を持て余すことになるんだが、なにをしてもいいのかな。了承してもらったら、ぼくの手はネグリジェの内側に潜りこんでいくかもしれない」

川奈はちょっと脅かした。が、ネグリジェ組に反論はない。

やっていることは大人の桃色遊戯なのだが、四人の戯れは、やや漫画チックで、幼児返りしている向きもある。

三人の女は、唇の端をゆがめたり、瞼をまたたかせ、顔を見合わせた。

が、さっさと結論を出したのは、やはり年長者の葉子だった。

「川奈さんの好きにしてもらってもいいでしょう。わたしたちだって、思いっきり愉しませてもらうんですもの」

それでは、みなさん好きにしてください。言葉にはできなかったが、さて、どんなことになるのだと、大いなる期待をこめて川奈は、両手を万歳させて仰向けになった。

文字どおりの俎板《まないた》の鯉。

三人の女性は、持ち場に膝を据え、顔を見合わせた。一番手前に構えたのが、唇担当の琴乃で、ふわりとかぶった淡いブルーの薄物は半ばシースルーで、間近で見ると、なめらかな肉体の曲線が透けて見えるのだ。

二番目が山吹色の薄物をまとった沙織で、三番目が、ややっ！　葉子は一瞬の早業でソファベッドに這いあがり、川奈の太腿を分けようとする。

時をおかず、するりとすべり込んできた。

ううっ！　不甲斐《ふがい》なくも川奈はうめいた。

三人の女はほぼ同時に、獲物に飛びついてきたからだ。

琴乃の接吻は、遠慮も優しさもない。唇を押しつけるなり、舌先を押しこんできたのだった。両手で川奈の顔を抱きくるめるようにして。その上、おびただしい唾液を送りこんでくる。

無防備な恰好で仰向けに寝ているだけだから、飲みこむしかない。

ほんのちょっと甘さを感じる唾が、口の中で溶けた。

乳首を唇で挟んだ沙織は、まるでゴムを伸ばすように吸いとった。痛いっ！と叫びたくなったが、琴乃の唇と舌に口内が制圧されているから、声も出せないのだ。

川奈の股間に陣取った葉子の攻勢は、凄《すさ》まじい。

どちらかの手で男の袋を包み、やわやわと揉みながら、もう一方の手で肉筒を握りしめ、天を突く勢いでそそり勃つ男の肉の先端に、唇を沈めてきたのだ。

おそらく、数滴の先漏れの粘液を滲ませているだろう鈴口に舌を這わせ、舐めとって、そして、真上からぐぶりと含んできたのだった。

筒先は深みに嵌まっていく。

日本人形のようなおちょぼ口にしては、奥行きが深い。

六十四年間の人生で、初めて味わう三人タッグの三処《みところ》攻めの快媚は、三者三様の舌づかい、指づかいが加味されて、全身のあちらこちらに痙攣が奔り、長く伸ばしたつま先が反りかえって、引き攣った。

葉子の口づかいが忙しくなる。上下に動かし、膨張しきった笠を、舌先で舐めとったりする。

卑猥な粘り音が部屋の壁に響くが、気にする様子はない。

「ねっ、見てちょうだい。湯気が立ってきたわ。あーっ、ほんとうに素敵よ。顎《あご》がはずれそうなほど太くて、固いのよ。猥らしいでしょう」

男の肉を深くくわえていた葉子が、息苦しくなってきたのか、ぷっと吐き出し、さも得意そうに宣伝した。

「気持ちよくなって、粗相《そそう》をしたらいけませんよ、葉子さんのお口に」

厳しく注意を喚起したのは、沙織だった。

しかし……。おれは責任が持てない。4P戯《あそ》びは、もちろん初体験で、刺激が強すぎる。ついさっき、沙織を相手に一番搾りを放出したばかりなのに、男のタンクには新しいエキスが溜まりはじめている。

股間の奥底にうごめく脈動は、その証である。

顔を上げて川奈は、三人の女の表情を追った。それぞれは頬を赤く染め、唇を濡らしている。葉子に至っては、目尻を吊り上げて、だ。

だが、ちょっと待て！

思いついて川奈は、深く思案した。相手は三人である。男のエキスを公平に三等分して放出する技術は、あいにくと持ち合わせていなかった。ましてや、これほど刺激的な前戯を受けているのだ。

噴射の力は並はずれているだろう。途中で止めることなど、できるわけがない。

「四人プレイがフィニッシュに入る前に、お願いがあるんだけれど」

川奈は自分の気持ちを正直に伝えた。

「お願い、って？」

すぐに声を返してきたのは沙織だった。

「もう一度、じゃんけんをしてくれないか」

「えっ、また、じゃんけんを」

琴乃は小首を傾げた。

「勝った人に、ぼくからプレゼントをしたいと思ってね。一個しか持ってこなかったんだ。勝った人は、悦んで受けとってくれると、うれしいんだが」

「いいわ。川奈さんの言うことも聞きましょう」

葉子が賛成した。年長者の裁断に、他の二人は文句をつけない。

ふたたび、じゃんけんが開始された。

あいこで、しょ……、が何度か繰りかえされるたび、川奈は念じた。沙織は勝たないでくれ、と。

数回のあいこで、しょ……、の結果、勝者はまたしても葉子だった。

(よしっ、それでは心おきなく、前に進もうか)

川奈は自分をけしかけた。

ふたたび接吻を求めてきた琴乃を抱きよせ、川奈は探った。淡いブルーのネグリジェの裾から、手を差しこんで。

葉子に比べると、肉づきは明らかに豊かだった。

川奈の手はネグリジェの内側を、彷徨《さまよ》いはじめた。

「あっ、ねっ、そこ……」

唇を離した琴乃が、下半身をよじった。川奈の手はむくりと盛りあがる臀の割れ目の稜線に辿《たど》りついていたのである。

「さわり心地のいいお臀をしているね、すべすべしている」

川奈は琴乃の耳元にささやいた。

「主人は大きすぎるって、文句を言うの」

「それはね、さわり方が下手なんだ」

ひそひそ話を進めながら川奈は、肉の稜線から割れ目の奥に向かって指先をすべらせた。熱をこもらせている。

「気持ちいいわ。あーっ、ねっ、そこに、あん、キスしてほしくなりました。だめ？　いいでしょう」

かわいいわがままを口にして、琴乃は半身を乗り出した。二人の先輩がいるというのに、クンニリングスを求めてくる。

構わない。四人の間で、クンニリングスをしてはならないという約束を交わしたわけではない。

「二人のお姉さんが乗っかっているから、身動きできないんだ。だから、ぼくの顔に跨ってきなさい。ネグリジェをめくって、だよ」

大歓迎である。

いいのね。ひと言断りを入れて琴乃は、葉子と沙織の顔色をうかがうようにして、ソファベッドに這いあがってきたのだった。

川奈はびっくりした、その大胆さ、に。

淡いブルーのネグリジェを、一気にたくし上げた琴乃は、あらわになった太腿を左右に割って、ひらりと跨ってきたのだ。一瞬、川奈の視線は点になった。

下着は一枚も着用していない。

剥き出しになった股間に目が奪われた。

たった今しがたまで、葉子の無毛の丘を見慣れていたせいもある。反して、黒々と生い茂る琴乃の恥毛は、肉の丘に楕円形を描いていたのである。しかも、いくらか毛先を跳ね上げて。

無毛と多毛。4P戯びの相手としては、その多様性を悦ぶべきなのだ。

琴乃の動きに躊躇《ためらい》はない。

大きく開いた股間を、川奈の口元に寄せてきた。濃いめのヘアは、肉の斜面に至るも繁茂し、秘密めいた女の肉のほとんどを隠している。しょうがない。

このあたりだろうと、おおよその目安を付けて、川奈は舌先を差し出した。

繁茂するヘアが舌先にこびり付いてきた。掻き分ける。ぬるりとした粘膜が舌先でうごめいた。

「あっ、そこです。もっと中に」

喘ぎ声をあげた琴乃は、川奈の舌を求めて、股間を前後に振った。

ぬるっとした肉の狭間に、舌が飲みこまれていく。

あっ、なにをするんだ！　川奈は叫びかけた。肉の狭間の奥から、おびただしい体液がもれてきて。水っぽい。濃度は薄い。

「ねっ、もれているんです。いやじゃないでしょう。汚くないの。だから、あん、飲んで」

切れ切れの声をもらした琴乃の股間が、ふにゃりと顔面に軟着陸した。

じくじくもれてくる体液は、なかなか止まらない。

(ひょっとすると、女の潮《しお》？)

川奈はそう判断した。こうなったら、潔く受けいれるべきである。川奈は口を開けた。もれてくる体液を飲みとっていく。ほとんど、無味無臭。

「うれしい！」

叫んだ琴乃は股間を離し、川奈の顔の真横にひざまずいた。間髪入れず、唇を合わせてきたのだった。舌先を埋め、口内に残っている自分の体液を吸いとっていく。不潔じゃありませんという実証を、自ら示そうとしているような、熱い接吻だった。

川奈は琴乃の頭を抱きしめた。かわいい子じゃないか、と。

が、琴乃との接吻を味わっている時間は、たったの数秒だった。直立する男の肉の先端に、生温かい粘膜がかぶさってきたからだ。いつの間にか、葉子の全裸が、男の肉をくわえ込んでいたのだ。典型的な女上位の体位で。

瞼を閉じ、ほっそりとした首筋を反らしながら、女の肉を前後に振ってくる。

「あーっ、一番奥まで入ってくるのよ。ほら、あーっ、わたしの膣《からだ》の奥の壁を突いてくるの。ずんずん、と。もっと、ねっ、下から突いて」

うわ言のような悶え声をあげながら、葉子はそっくり返った。

思わず川奈は覗きこんだ、二人の接続部分を。

肥大した女の芽はあからさまだ。やや白濁したような粘液が、剛直に張りつめた男の肉を濡らし、まさに、ずぶりと挿しこまれているのだ。なんとまあ、生々しいことか。

無毛の恥部は、二枚の肉畝の内側に埋まっている襞をサーモンピンクに色づかせ、凹と凸の絡みを、なおのこと鮮明に、そして卑猥に浮き彫りにしてくる。

「あーっ、いいの。ほんとうに久しぶりよ、躯が蕩けてしまいそうなの。もう、いってもいいでしょう」

葉子の腰の動きは、速くなったり、恐ろしくのろまになったりと、複雑に変化する。

「ねっ、葉子さんのおっぱいが、あーっ、あんなに揺れているわ。ほんとうにいきそうなのね。きれいだわ、葉子さんの恍惚の顔、って」

自分の行為をすっかり忘れてしまったのか、琴乃は葉子の裸身を、ぼーっとした目で追いつづける。同性のアクメの瞬間に見とれているような。

「川奈さん、あげてちょうだい、葉子さんに。彼女はじゃんけんで勝ったんですもの、きっとあなたからのプレゼントを待っているのよ」

沙織は物わかりがいい。

川奈からのプレゼントが、なんであるかをきっちり理解していたのだ。

肉の斜面を剥き出しにして、そっくり返っていた葉子の上半身が、反動をつけるようにして、胸板にかぶさってきた。二人の女性はあわてて身を引いた。

どうぞ、好きにしなさいと、二人は優しい。

覆いかぶさってきた葉子の唇が、唾液を散らせて粘着した。

舌先を繰りこんでくる。川奈は吸った。

うっ、うっ……。うめき声をもらしつづけ、葉子は腰を振った。

三処攻めの交わりが、限界に達しかけた。股間の奥に激しい脈動を奔らせる。

顔の両側に座った二人の女の荒い息づかいが、吹きかかってくる。

無意識に川奈の両手は左右に伸びた。

二人の女の股間をまさぐった。

「あーっ、あなたは欲張りな人だったのね」

腰を振って沙織は言った。

川奈の指先は的確に、二人の女の急所に差しこまれた。

ねばねば、ぬるぬる。この症状を見ただけでも、4P交わりは、成功だったと判断してよい。

「川奈さん、いきます。ねっ、あなたも、きて、一緒に、よ」

葉子の声がかすれた。瞬間、肉筒の根元を弾きわった男の濁液が、ほんのちょっとの痛みを伴って、それは勢いよく、びゅびゅっと噴きあがっていったのだった。

そのとき、川奈の指先は、しっかりと感じた。

二人の女の膣道が、川奈の指をとらえて、微妙にうねったことを。


――しばらくまどろんだ。川奈はふいと目を覚ました。全裸同様の三人の女性は大型ベッドに変化したソファに、顔を伏せ、眠りこけている。

おれは大役を果たしたのだろうか。川奈はふと考えた。二人の女性は、一人が結婚するか否かで迷い、もう一人は離婚問題で悩んでいた。結局、正しい判断は下していない。

大いなる期待をいだいて四人は集まったのだが。結果は、汗みどろの４Ｐプレイで大団円。

（いいじゃないか）

好きにすれば。人間の歩みを、愚かな思考で判断するのは間違いのもとである。事実、川奈自身も、定年退職を機に、放蕩だった半生を猛省して、妻と二人で静かな余生を送ろうなどと、殊勝な考えを巡らせた結果、危うく男の人生を失いかけたのだ。

戯びたいときは戯び、呑みたいときは呑む。

平凡なる人間は、自然に逆らったら、失敗することが多い。

それにしても、ひと晩で二回の奮闘は、川奈にとっては慶事だった。やればできると、大いに自信を深めた。

それから十日ほどして。

川奈夫妻は、北海道の北端に位置する女満別《めまんべつ》空港に向かう飛行機に搭乗していた。どうしても思い出深い網走に行きたいと、妻の絹江がしつこくねだったからだ。

羽田空港から女満別空港までの飛行時間は、二時間弱。

二人は機内サービスのビールで乾杯した。絹江の頬は、飛行機が飛びたったときから、ぽっと染まっていた。

(今夜、もしも絹江がねだってきたら、どうしよう)

川奈の脳裏をよぎった一瞬の不安を、ビールの酔いに任せて蹴散らした。やれば、できる! と。

〈了〉

この作品は「紅文庫」のために書下ろされました。

紅 beni
紅文庫

愛《あい》の不死鳥《ふしちょう》

末廣《すえひろ》 圭《けい》

2021年7月15日　第1刷発行

企画／松村由貴（大航海）
DTP／遠藤智子

編集人／田村耕士
発行人／日下部一成
発売元／株式会社ジーウォーク
〒153-0051 東京都目黒区上目黒1-16-8 Yファームビル6F
電話 03-6452-3118
FAX 03-6452-3110

印刷製本／中央精版印刷株式会社

本書の全部または一部を無断で複写することは著作権法上での例外を除き、禁じられています。

乱丁・落丁本は小社あてにお送りください。送料小社負担にてお取替えいたします。

定価はカバーに表示してあります。

©Kei Suehiro 2021,Printed in Japan
ISBN978-4-86717-193-6

美味《UMA》そうな女たち
橘真児
Shinji Tachibana
ちゃんと硬くしてくれないと、
ツチノコに見えないわ
未確認な女たちが、男の股間を直撃!?
売れない作家の真人は雑誌の依頼で、UMA《ユーマ》探しの取材に赴いた。すると山で人妻、湖で女子大生、川で未亡人、とイカにもな女たちに導かれ、大自然の懐で、探索をよそに快感体験を重ねる。掲載作品はまるで官能小説のように人気を博してゆくのだが……。次々と強引な女体に翻弄されて、夢の性活がやってきた！
定価／本体720円＋税
紅文庫
最新刊